海の古文書

Kitagawa Tooru
北川 透

思潮社

北川透詩集

装幀＝間村俊一

海の古文書

序章
時の行方

ひとりは狂死
もう一人はアルコール中毒死
第三の男は行方知れず

狂死した男Mも、中毒死した男Oも、失踪したまま生死不明の男Hも、みんなどこかで生きています。彼らがいつどのように生きて死んだのか、死んで生きたのか。その行方は、同時にわたしが彼らと共に、生死をかけて時代に殉じた姿を映し出しています。それを見きわめたいと思い、わたしは時空を超えた旅に出たのでした。いまは老いているとはいえ、かつて彼らを同時に愛し、また、憎んだり、傷つけたり、殺したりしてしまった女の、それが宿命だからです。宿命なんて、いま、目の前に散っていく枯葉ほども信じていませんのに……。

わたしがどこに住んでいるか?って。どこに住んでいたっていいじゃありませんか。どうせいまも昔も、心と身体を売ってしか生きられない流浪の身ですし、詐欺師で人殺しの女が、住所なんぞを明かすものですか。それにわたしの仮の宿の在処は、地図なんぞには載っていません。でも嘘八百並べるのも楽しいわね。いま、わたしが立っている所は、前方が海に面し、背後の三方は山に囲まれた、擂鉢状の地形の中です。そこに造成された小さな団地の中の、また、ひときわ貧しい小屋。わたしはそこに潜んでいます。擂鉢といっても、太陽の昇る前方は海だから、鉢の東側が欠けています。海沿いを走る国道から団地に入るには、その擂鉢の欠けた部分の入り口を通らねばなりません。通行人もバスも車も、ゆったりとした坂道の勾配を上って団地の中に入ってきます。すべての家はその山の斜面に建てられ、どこからも海が臨めるように造成されています。海と言っても、対岸に手が届くほど狭い海峡であり、そこには多くの外国船舶が行き交っています。わたしが二十数年前に失踪した男Hを追って、この海峡の町に来たのも、ただの噂話を信じた振りをしたかったからですし、ここはわたしの隠れ家として都合がいいからです。だって、地図にも載っていない架空の場所ですもの。

架空と言えば、語り手を引き受けている、わたしの正体だって不明です。気障なことを言えば、わたしは夕暮れにしか姿を現さない五位鷺、詩のことばです。ことばにも肉体があり、性別があるなんて不思議ね。仕事もセックスもしますすよ。旅行だって、人殺しだって、魚釣りだって、逆立ちだって、ことばは人間がする、あるいは人間だけはしないあらゆることをします。狂死したMとの間には、生まれるとすぐに死んだ赤ん坊まで儲けましたし、彼と手を組んで銀行強盗まがいのこともしました。お互いに若い欲望ではちきれんばかりでしたもの。あいつが狂死したなんてことは、わたしは一度だって信じちゃいないんだから。あの男は最後まで狂ってなんぞいませんでした。狂気とは無縁だし、病気ですらなかった。わたしはずいぶんいろんな男に身を任せたけど、あれほど健康で無感覚な男はいなかったわね。あいつはわたしが冬の蟋蟀のように鬱を病んでいる時でさえ、機械を扱うように股を開くことを要求したし、人が一本の藁よりも弱いということすら感覚できなかった。山頂を目指す清潔なスローガンの下で、谷底に渦巻く金銭にも女にも汚かった。そんな奴が狂うわけがないでしょう。

あいつが未明の路上で死んだのは、ただの偶然。石に躓いただけ。人は石に躓いても、ことばに躓いても、雨蛙が跳ねただけでも転倒して死ぬのです。死に方なんぞに、何の意味もない、と思うわ。その朝、世界中で何人の者が路上で行き倒れたか。みんな同じでしょう。飢えて死んでも、無意味な戦いで死んでも、教祖として死んでも、女の腹の上で死んでも、それらに意味があるなら、彼の死にも意味があるというだけのこと。正義や真理や信にかかわって、自分を犠牲にできた奴が偉くて、ただ、黴菌に犯された骨一本に苦しんで、一生を終わった奴が駄目だなんて誰も決められません。その正義や真理だって、大間違いのトントンチキかも知れない。あたかも世界中の細い手が、自分の死への加害者であるかのような、陰険な論理を振り廻して、臆病な心を支配する、とんでもない神の子もいるわけです。汚れているのは、どっちなのか。《お、いやらしい神の手》。権力

と戦うことが好きな、もう一つの善良で邪悪な権力の意志。自分の指の爪
すらも思い描けない権力も、始末に終えないわねぇ。何も路上の死にひざ
まずくことはないのです。……と言った時。

人を躓かせる世界中の石が
海の方からわたしをめがけ
びゅうんびゅん飛んでくる　飛んでくる
擂鉢状の斜面を大声上げて
落石が走る　走る　それに打たれて
わたしの痛い背骨を編んでいる騙りの糸が
ぐちゃぐちゃに　乱れ絡んで
歪曲した時の隙間を遡り始める
なぜか　そこは未来の血が奔騰する
死ぬことのない　古代……

わたしが狂死した男M……と呼ぶのは、仮にそう呼ばれている者という以外の意味はないし、それに特定の誰かを指しているわけでもありません。わたしたちが生きた時代に、あんな男は何人もいました。また、あの男自身が複数の顔を使い分けてもいました。それはいま語っているわたしが、幾つものよこしまな口を持ち、分裂し増殖する無数の眼を持っているのと同じことです。アルコール中毒で野垂れた〇だって、誰も本当のことは知らないのです。彼が終日アルコールを手放せなかったのか。睡眠薬や麻薬に溺れていたのか。なぜ、そんなものを必要としたのか。それにこの男はアルコールか、麻薬か、女か、その正体は明かせないけど、いつも何かに酔っていなければいられませんでした。失踪したHを含めて、彼ら三人はいかにも緊密な同盟を結んでいるようにも見えましたが、その中身は背反と裏切りが支配していました。なかでも深いところで憎み合っていたのは、選ばれた頭脳としての自負の強烈な二人の男、MとOでした。むろん、狂死した男は様々な顔を持っていました。彼の信奉者の前で教祖として振舞い、時に恫喝してみせる顔と、Oの前で現す根拠のない優越した顔と、生活の支援を求めて頼ったHの前で、へりくだる下卑た顔と、家族の中に帰った時の優しい父親の顔と、肉欲を満たすために傲慢になるわたしの前の顔と……、別人のように使い分けていました。仮面を操る役者としては、みんな同じ穴の狢でしたが、MとOには、ただ一つ、どうしても認め合えないところがありました。

狂死したM、《絶滅の王》が誰に対しても許せなかったのは、ことばと行為の不一致でした。しかし、中毒死したOの認識は、心情を過激化させ、思考を眠り込ませる行為と、それを覚醒させることばの関係の本質は、必ずずれる、不一致にある、ということでした。《一行書く度に一人を殺す》という、Oの詩のことばと行為の間の埋めようもない落差を、Mはいつも疑っていました。Mにあっては人を殺すと言えば、そのことばは文字通り行為を意味します。Oはおのれのことばを、みずからの行為で裏切るだろう、と。Oはその疑い深い目に耐えられず、酔っていなければならなかったのでした。彼にとっては行為とことばのずれ、レトリックの中にこそ、世界を遠くまで幻視する根拠があったにもかかわらず……。彼はことばがすべてだ、という確信の中で、疑い深いカミの目を否定できなかった。彼はMがタンポポの綿毛を武装し、ちっぽけな暴動へと組織する行為を、ただ、ことばもなく見詰めるほかなかったのです。周りの心弱い人たちを惹きつける、Mの自己犠牲のヒロイズムに対するコンプレックス。それを消すためにこそ、彼は鉄と土石が吼え合う政治闘争の現場に赴き、背中を焼かれて一本の火炎樹になりました。わたしは身体よりも心を真っ黒焦げにした彼を、抱きかかえて介抱しましたが、あんな弱々しく、意気地のない樹木を見たことがありません。焼け爛れた半死の幹が孕んだ胎児は無言でした。最初に三者の同盟を離脱する、寄る辺ない一本の樹木。《絶滅の王》を拒絶する無言の胎児。それを狂死したMが、口を極めて罵ったことは言うまでもありません。ばらばらに断ち切られてゆく錆びた鎖の上を、永遠の古代ががらんがらんと通り過ぎていきました。

一章
第三の男へ

ふと眼を上げたら　窓の外を烏賊が通った
頭を上下しながら　黒墨を吹き付けていく
大勢で喋っている　魚たちも人語を話せる
あんた知らないの　人は魚のごとしだって
暗きに迷って寒く　食少なく日々を送る者
パクパク口を開け　笑っているよい子たち
うたてやなうたた　世迷言に満ちているが
騒々しい平和屋と　破廉恥なシャボン玉と
彼らを掻き分けて　絶壁から飛び込むやつ
確かに人が死ぬと　亡骸を海に投げ込むが
そんなじゃないよ　とんまな災難からとか
そんなじゃないよ　生地獄から逃れてとか
魚網を引いてみな　アルミ缶やゴミだらけ
もう引き返せない　死の海に身投げしたら
もう引き返せない　あなたを狂わす詩の海

人にはどうしても触れたくないテーマ、踏み込んではいけない領地がある。……と目を覗き込む奴、あのいやらしい説教師を信じなさるな。玉葱の皮をどんなに剝いても、中は空っぽだなんて、訳知り顔のおっちゃんもいけ好かない。わたしはことば。老いて消滅していく老女のことばです。ことばが語ることばはすべて嘘っぱち。三百代言もいいところ。みずからのあまりのがらっぱちに、恐れおののいて逃走し闘争する詩のことば。わたしが避けたかったのは、人がことばによって傷ついたり、血を流したり、狂ったりする領域に踏み込むことだけではないのよ。それよりももっとことばが怖れたのは、死と生の抗争する地帯の圧力。それに巻き込まれたら、きりきり舞いして、わたしみずからが粉々に砕けてしまいます。

ことばがことばの生きた肉体を失い、ただの音、孤立した線と点、単純な木片と枯葉になってしまうこと。いつも詩のことばは、その領域に憧れると共に怖れているのではないかしら。それは詩であるぎりぎりの絶壁から、死と生を分けるクリシスに転落する場所でもあるからでしょう。だから、危険を避けて、詩は美しい抒情のことばを欲情する。心地よいことば、調子のよいことば、同情や憐れみのことばであろうとする。あるいは誰も踏み込んでこない、われは難解なりと勝手に思い込んでいる虎口じゃなかった、孤高の閉域に逃れようとします。

皆さんに愛される詩なんてやめちゃえ。やめちゃえ。どこかの政党のキャッチフレーズみたいじゃない。さもしい大根だわね。何度も繰り返します。わたしはただの老女のことば。それも人をかどわかす、なまめかしい縞状の模様を留めていたい、と思っている。世界をいちばん低いところから、卑俗な眼鏡で眺めてみたら？　世のお利巧な男たちは、高く登りつめることが最上だと思ってます。ニーチェがヒットラーに拉致されたのは、超人という幻想が登りつめた山の頂上でのことでした。なんの、なんの、谷底をひっくり返せば、高い稜線が現れるというマジックを知らないのね。でもそんなことはお利巧さんの男どもに教えてやんない。女は、いつもバカな振りをする。おバカさんほど自由なのよ。あんた、ホントは男のくせに……だなんて。なに言ってるんだい。と急に乱暴なことば遣いに変貌する。ことばの本性を知らないの？　むろん、それは限りなく淫蕩ということ。わたしは老いさらばえているけど、誰とでも寝るもんね。ことばは女の振りをしようが、男の振りをしようが、両性具有に決まってます。男女両性器や中性器を持ってるだけじゃない。代名詞の陰で欲情するそれは、鳥類とだって、魚類とだって、獣類とだって、草木類とだって、かちんこの鉱物だけは御免蒙りたい気もするけど、やわらかくてあったかい相手でさえあれば、想像上の動物とだって、威張りくさっているカミさんとだって、やっちゃうよ。見て、見て、この変幻自在な精妙極まりない性なる器械を。誰の種なのか精子なのか分かんない、空から降ってくることばで身籠る処女カイタイが、いちばん気持ちいいのよ。ねぇ、マリア様。

わたしから見ると、本当に狂ってしまったのは失踪した男、第三の男でした。この男には狂死したMのような、若者を惹きつける輝かしくも脆い王冠の戦歴もなければ、ナルシスの白熱の炎に溶融し、さまざまに変形しながら、世界を全否定する鉄の行為もありません。中毒死したＯが、陽も差さない野の陰に這うドクダミ、ゲンノショウコ、ヨモギの根強い活力や、陽光を背にしながら誰にも気付かれないで、垣根の隙間に生えているシソ、ハッカ、ヒルガオの深い吐息などに養われながら、創りあげた彼岸の世界もありません。狂死したＭと中毒死したＯが、この男に気を許したのは、彼がいかなる知性も感じられないロバだからでした。鉄の意志もなければ、野を這う野生植物の感受性も鈍く、世界をアレンジする思考は働かず、唯一の取柄である吃音の論理には刃金の強さもない。どんな通俗的な御用も、汚れ物の洗濯も引き受けて、へらへら笑ってる下司男。若禿で反っ歯、顎はとんがり、細い身体は昆虫のように曲がっている。この異土に生えたノートルダムのゾウリムシ。アラッ、違ったかしら。体長が０・３ミリメートル、繊毛でしか移動できない虫では、話になんないわね。おまえの身体はゾウリムシではなくても、こころが虫けらだ、と大声を張り上げて怒鳴った途端、全宇宙の虫たちから抗議をうけたこともありました。人類よりも高等生物である、お虫様を差別するな、ってね。でも、その二人が腹中に飼っている虫の欲望を、彼はひそかに代行する影だったのです。二人はこんな影でしかない男から眼をそらしていればよかったので、まるで張り合う必要はなかったのでしょう。狂死したMが高い倫理性として示す犯罪の、理屈に合わない裏帳簿の数字は、このゾウリムシがひそかに書き換えました。中毒死したOのまったく売れない詩集を、嘘八百並べて行商したのも、このゾウリムシでした。それで感謝されるどころか、軽蔑されていたのですからね。犯罪が天上的な崇高にまで崇められるためには、地上の俗なる権力に支えられ、その上、神の卑しい代行者、法官から裁かれることが不可欠です。また、詩の何ものにも換え難い至上の価値は、誰にも理解されない孤峰の鷲でいなければなりませんもの。裁きを受ける聖なる陶酔も、誰からも相手にされない鷲の孤高も、自己目的になることで堕落の淵に墜落し始めます。その時、第三の男の卑しい笑い声が響きます。この三人、いやそれぞれが複数の存在ですから、十人、いや、百人、もっともっと、数え切れないほど多くの三人でした。この無数の存在は、また、一人といってもよかったのです。彼らは多面体の複数でありながら、必然的に仮面体の単数でもあったのね。彼らはお互いに愛したり、憎んだり、軽蔑したり、仲間褒めしたりしながら、入れ替わり、立ち替わり、くっついたり、弾け飛んだりしていました。対立者のことばで語るかと思えば、睦み合い、癒着して、凸凹で穴だらけの糸瓜のようでもありました。

その中で、聖なる《絶滅の王》Mに背き、超越した詩魂も持たず、立脚点も場所も持たない、単なる虫けらの欲望の泡でしかなかった第三の男Hが、次第に狂い始めたのでした。頭の中が泥で詰まってるとか、昨日、バナナに生まれ変わったのに、今朝、マシュマロに変身していたとか、執拗に泣き喚き、ぶつぶつ同じことをしゃべりながら、遂に天界と地獄の境目を彷徨し始め、やがて小さな尾を引いて行方不明になってしまったのです。それを追いかけてわたしが、この地図にない海峡の街にやってきたのでした。

夢の中の路地　揺れてる　揺れてる
黒い巻き毛の髪燃え　プラスチックの顔から白煙
夢の中の路地　焼け焦げたハイヒール　散乱するハンドバック
あんた　婚礼くらいしとけばよかったじゃん　自爆する前
夢の中の路地　遂に深夜　闇の帳の降りた海峡に漂着した
忘れられた未来　まだ新しい古代の時と場所を包み込んだ
大きな青いビニール袋　海の古文書から
「一九七二年の幽霊船」が　ぼんやりと姿を現す
巨大な抹香鯨　暴れる海の海獣に似た……

二章

一九七二年の幽霊船

強い北西の季節風が幾日も吹いて　海が荒れた
砂浜に打ち上げられている　沢山の漂流物
ハングル文字の書かれた　ポリ容器の多さ
それらは化学薬品で汚れた危険物だが　他にも無数のアルミ缶
旧型テレビの箱　壊れたパソコンやプログラム
女性の裸体を刷り込んだ表紙の発禁本　週刊誌の類
鬼太郎の鼻緒の切れた　ゲッゲッゲッの下駄　龍の鼻毛
千切れた漁網　折れた野望や釣竿　寄る辺ない流木や舟板
目を見開き　足を伸ばしたままの猫や家畜の屍骸
ゴムの長靴　着古した洋服や話法　嫉妬で汚れたシーツ　布切れ
それらの塵芥に混じり　白い腹を膨らましている孤独たちの腐爛
逃避する穴を求めて走り回る赤い蟹
折り重なって這っている　小さな舟虫の群れ
漂流物の堆積の下から　時に波に洗われて剝きだす
身元不明の男女の死体

大きな海胆のような裸の魂
浜辺にやってきたこどもたちが　痛々しくひび割れた魂を見つけて
包帯したり　化粧したり　衣服を着せたり　抱いたり……
魂は精巧なロボットのような声を出して
子供たちと輪になって遊んでいるが
彼らが去った後は　波に打たれて何処へともなく流されていく

この港町には、どこから流浪してきたのか分からぬ、怪しげな男たちがいる。その失踪者のひとりであるこの老人も、毎日のように砂浜に打ち上げられる漂流物を竹の棒で転がしたり、突っついたりしている。廃品回収業者の所に持参すれば、売れそうなものが見つかることもあるからだ。時時、作業の手を休めて、海の彼方、朝鮮半島や中国大陸の方を見つめている。よく晴れた冬の日などには、夕陽が血を滴らすように溶けて海に没していく。老人は古びた厚い革のジャンパーに身を包みながら、砂浜で膝を抱いて、太陽が落ちて真っ赤に泡立っている水平線を眺めながら、夢の中を彷徨っている。彼がこの港町に来て、すでに二十年を超えているが、初めて巨大な客船を見たのは、数年前の夏の夜だった。それは全船体の窓という窓が明かりを灯し、波を黄色に染めながら、音も立てずにゆっくりと、西の方角へ滑っていったのだった。あれは浄土に向かう慈航の船……なんかじゃない。老人は思わず苦笑いを浮かべながら、その船の持つ明るい静けさの容量に圧倒され、身じろぎもできないでいたのだった。なぜか明かりの洩れる窓の奥には、彼が失踪する前に親しかった人たちが、声を殺して潜んでいるような気がした。そのほとんどが死者であるが、彼らの名前を呼んだら、一斉に大海を揺るがすような爆笑が湧き起こるだろう。その期待に胸をいっぱいにしながら、彼がしたことは、誰にも届かない小声で、一人の女の名前を呼ぶことだった。その呟きが唇から洩れた時、不意に辺りは真っ暗になり、客船の幻影も消えた。

もう、あの客船が訪れることはないのだろうか。彼は毎夜、浜辺に佇みながら待ち続けた。幾度も季節は移り、星が凍るような冷たい光を放つ夜が来た。その夜はひと際、身を刺すような寒い潮風が吹いていた。老人が満天を見上げると、それまでいきいきと輝いていた星々が、息絶えて、ただの薄っぺらのブリキやボール紙の星型に変わり、くるくる回りながら落下し始めた。その時、大きな三角波が沖合から押し寄せて来る。老人が身構えると、突如、姿を現したのは、そのあたりの海域を古代から回遊する暴れん坊。あの巨鯨でもなく、禿げ頭に鋭い角を生やし、無数の目を見開いた海坊主でもなく、全身から闇の潮を吐き出して浮上する幽霊船だった。どの船窓にも明かり一つなく、いかなる機械音も聞こえず、そこに生者の影も死者の気配も感じられなかった。何という恐ろしい空虚。老人はその無言の磁力に引き込まれるように、砂浜から冷たい海に入る。急に静まり返った海は、不思議な浮力を湛えていた。老人は波の上をダンスするように軽快な足取りで渡り、幽霊船に乗り移ることができた。その途端に幽霊船は一変し、船内をベルが鳴り渡り、幾つもの黒い影が身を起こすのが感じられた。影たちは時に穏やかに、時には罵声に近い議論をしている風だった。細い幾筋もの光線や、金属を擦り合わせた時のようなノイズが走り、天井から何枚も垂れ下がっている記憶の幕が切り裂かれていった……。そこにぼんやりと、しかも、黒々と浮かび上がってきたのは、いんちきくさい偽の法廷だった。

宣誓　良心に従って本当のことを申します
おまえ　良心ってなんだ？　それは海鼠か　それともカルビか　炭火で焼いて食べるの？　それとも漬物にする？
宣誓　知っていることは隠しません　無いことは申しません
おまえらをどこのどいつがあおりたて　だまくらかし　知らないことを言わせ　無いことを申し立てさせてるんだ　この真っ赤な人参野郎め
いいえ　わたしは鶏卵大の小石です
おい　おまえの良心とやらには　両親がつけた本当の名前があるだろう
鶏卵大の小石を裁判中の法廷の壁に投げつけたおまえにも　ヤママルオカルトとか……
かってそう呼ばれていたこともあったみたいですが　いまは名付けられ

ない存在です
やっぱし　おまえは炭火で焼いて食べる骨付きカルビだな　この世に名付けられない存在なんて　御大層なもんがあるもんか　背中から後光が射しているようなことを言う奴ほど　インチキリンのリンリン助だ　鶏卵大の小石を　なぜ　オレに向けて投げた？
あなたに投げたのではありません　そのとき　瞬時に　鶏卵大の小石に変貌していたわたしは　何者かの見えない力に支えられ　後押しされて空中を飛んだのです　まっすぐにこの法廷の壁に向かって
白状したな　焼き肉カルビめ　おまえを扇動している奴が背後にいるんだ　おまえは洗脳されたただのロボット人形だ　コンクリートの壁に小石が衝突したって　何にも壊れやしないじゃないか
いいえ　法・国家に亀裂が走りました
ゲッ！　間抜けめ！　亀裂が入ったのは　生卵のように弱いおまえの頭脳の方だよ　モノとモノが衝突したって　ただのモノの破片が飛び散るだけだ

そんなことはないでしょう　その証拠に　あなたたちはわたしを拘束して裁いています　鶏卵大の小石には　わたしのこれまでの生活過程が詰まっているからです　あなたたちには生活を裁くことは不可能です

ゲッゲッゲッ！　国家がぶっ壊れるのはなぁ　おまえのその生活過程とやらが頭の中で栽培している　出来損ないの大根のような国家を　自分で引っこ抜きさえすればいいんだよ　ただ　それだけ　ゲッ！

栄光の鶏卵ばんざい　いつも血に飢えている法廷ばんざい

閉廷、閉廷、閉廷……

幽霊船は、大きく右に傾いて悪夢の海に没していった。死に絶えた星々の破片が、鈍い光を放って波間を漂っている。遠くから音もなく近づいてきた明るい客船が、いまにも巨体を揺すって笑い出しそうだ。

三章

もうひとつの「北東紀行」

おれはやっと一歩を踏み出した
すでに遠い過去において　境界線を越えていたのも知らずに

さきほどまで　無言の穴の中を歩き回っていたではないか
火炎で背中を焼かれたペンキ絵たちが
はちゃめちゃに爛れていたではないか
幾つものことばなき車輪が飛び交い　巨大なヘルメットの
黒い列車が　襲撃や衝突を繰り返していたではないか
連結したり　分離したり　横転したりしていたではないか
その度に硬直したり　ゆるんだり　引き千切れたりする韻律の
快楽と怖れに陶酔していたではないか

絞殺された夢と　幼子の声との間を流れる風
そうだよ　あなたに会った　あの時の風を　決して忘れない
静かな風はすべての終わりと　始まりの意識を告げたのだった

そして　始めるまもなく　すべては終わりに近づいていた
屋根瓦をざわめかして通り過ぎるのは雨ではない
死後の鳥たちの声　おれはまだ生きているのかも知れない
彼らの鳴き声が　こんなに親しいなんて……

もう　風に語らせることはやめよう
方角は決まっている　おれが知らない間に跨いだ境界は
灰と巻貝ではない　爆弾と糞でもない　アリンコとモスクワでもない
扇風機と敗北でもない　沈黙と電流でもない　驢馬と裏切りでもない
乱痴気騒ぎの蜘蛛の巣を引き裂いて
まっすぐに走る線路を北東へ
ひとつの大きな時辰儀に触れる
最果ての地方へ……

なぜ、わたしはあなたと付き合う気になったのでしょう。軽便鉄道を降りたところは、一面が雪でした。わたしたちは凍えて縮こまっている貧しい町を通り過ぎ、蝦夷松や椴松の針葉樹や白樺の群生する森の中に入って行きました。おびただしい斜線で装われた樹皮の切れ目が、痛々しく剝がれている樺の太い幹の陰から、赤い目の兎が、わたしたちを見ています。積雪の重みで物騒な音楽を奏でている、白樺の並木の暗いトンネルを突き切ると、氷上に白い雪の絨毯が限りなく広がっている湖に出ました。人や鳥や獣の影も足跡さえもない白い湖上を、わたしたちは手をつなぎ、すでに生の温もりを失った身体を支え合って歩いていました。不思議でした。あなたのことは何も知らないのに、最初から、わたしはあなたの、あなたはわたしの分身でした。一人でありながら、二人の旅。しかも、二人はそれぞれの分身と共にあり、二人は一人でありながら四人、四人は八人、八人は……無数の分身を生み出し、それでも、わたしはあなたの、あなたはわたしの分身だったのです。

昨夜の宿で、あなたは頑丈な男の太い腕でわたしを抱きしめ、責め苛みました。わたしは野生の山猫になって荒れ狂い、凶暴な心が衰えると縫いぐるみの熊になりました。さらに夜が更けるにつれて、麻薬常習者のささくれた表層の文体に変わり、句読点も匂いも失った、《紫は灰指す》歌の常套句に収まり、そして、遂に《恋い乞いて舞う》吐息だけの失語に墜落していったのでした。……はい……大きく息を吸って……そのまま十秒ほど止めていてください……コンコンコン……コーンコーンドスンコンコン……はい……楽にしていていいですよ……

一昨夜のわたしたちは姉妹でした。あなたはわたしの可愛い妹。でも、わたしたちは一晩詠み明かした相聞歌の中で、絶えず入れ替わっていました。わたしはあなたの凶暴な妹として、夜の草むらの中であなたのやわらかいピアノに歯を立て、姉のあなたは一夜中、狂った爆竹のように跳ねたり、踊ったりしていました。……また……大きく息を吸ってください……もっともっと……はい……止めて……十秒ほどそのまま……動いてはだめですよ……チェンチェンチェン……ガリガリガリガリ……チンチンチン……はい……そこまで……

その前の晩は、北方の街を夜中焦がしている、賑やかなカーニバルで遊びました。わたしは屈強な男どもがつける、赤鬼の面をかぶって、テーホエ、テホエ、テーホエ、テホエと唄いながら踊りました。あなたは老いた夜叉となり、わたしを卑猥なことばでからかいながら、稲藁にたっぷりと含ませた、清めの熱湯をかけて笑いこけていたのでした。……今度は強く息を吐いてください……そうしたら……そのまま……はい……息を止めて……ギリギリギリ……コンコンコンコーンコーン……はい……肩の力を抜いて……楽にしていいですよ……

　こうして、わたしたちは入れ替わり、立ち替わり、分身として同じ呼吸をしながら、互いの歩哨や斥候隊まで交換し、その定義、輪郭、陥没、プープー、神話、跳び箱の超え方、着地のうずくまり方まで、区別がつかなくなっていったのでした。しかし、また、瞬時に獣のような素早さで身を引き剝がし、遥かな異心として遠ざかることもありました。長い夜の一人にして二人の、いや無数の分身たちとの旅……。はい……今度は息を吸ったり吐いたり……そう、それを規則的に五回繰り返し……吐いたところで止めてください……一回……二回……カコカコカコ……スースースー……

キリキリキリ……はい……楽にしていいよ……

そして、いまは見渡す限りの雪と氷の白い湖上に達し、わたしと無数の分身は腕を組み、身体を寄せ合いながら、突風に舞い上がる雪煙りの中を、ためらいもなく一斉に渡り歩いているのです。あっ、足元の氷がめりめりひび割れていく響きがしています。分身たちがわたしから一斉に剥がれて、飛び立つ羽音が聞こえます。氷上の大きな割れ目に、わたし一人の脚は、ぐんぐん引きずり込まれていきます。……もう……これで終わりですよ……息を吸って……もっともっと深く……はぁーい……そこ　そこで止めて……ケンコンケンコンケン……キーンキーンキーン……キィー……キィーキィーキィーキィィィィ……

また　あの風の声　聞こえてく　る
のこさ　れた日々は　はや使い果　たした
時たま耳　を澄ますと　疲弊した心　臓に

羽根を捥が　れた鳥たちが　落下して　いる
おれは眠り込　む　降り続く　雪のように　雪のように
溶ける雪のよう　に　溶け…る　雪……雪…　…雪……
ありえなかった同　行二人　牡丹　雪……雪…　…滴り

　可能な限り　高価な値段で　売っちゃう　ぞ
　　ホラホラネ　売っちゃうぞ　売っちゃう　ぞ
　　　ホラホラネ　売っちゃうぞ　売っちゃう　ぞ

ヤイヤイ　《もうひとつの「北東紀行」》は居るかヤイ
はぁ　御前に居りまする
汝を呼び出だすは他なることでもない　ちと仔細あってな　汝はあの
「北東紀行」の分身なるか
はぁ　なかなか　さようでござりまする
月一つ　影はなぜだか二つ　三つ

はぁ　それを言うなら　満ち潮の　夜の盃に主を乗せて　主は主なるが
ままに従となり　従は従なるがままに主となりて
オウオウ　それならば　《もうひとつ》とは　偽という意味なるか
イヤイヤ　偽も真もないのでござりまする
なんとな　なんとな
われ禍ごとに溺れたり　北は南に　東は西に　傍若無人の腕と腕　絡み
て一つに　裂きては二つ　遂に朽ち行く世界を喰らって
エイエイ　ヤットナ
危ないわいヤイ　危ないわいヤイ
《もうひとつ》なる衣の切れ端脱ぎ捨てて　「南西紀行」が奔り行く
ソレ　ソレ　ソレソレソレ
オウ　オウ　オウオウオウ
何と魂消た盗人野郎　偽物造りの無頼漢
ヤンヤヤンヤ　ヤンヤ　ヤヤンヤ
一つは二つ　二つは三つ　末広がりとは　このことぞ

エイエイ　ヤットナ　ヤットナ
引き裂かれし海の水面と天空の　境に漂う阿呆鳥　封印されし情報の
頸木を越えて旅に立つ　異邦の天地を揺るがす　やれ革命だ　いや暴動
だ　反乱だ　造反有理だ　婦女暴行だ　溜池に身を投げて死ぬことばた
ち　子供騙しの錦の御旗
戯ごと言うな　あっちへ消えろ　あっちへ消えろ
ヤンヤヤンヤ　ヤンヤ　ヤヤンヤ
まぐわしき数多の女の痴れ笑い
エイエイ　ヤットナ　ヤッタレ　ヤッタレ
力づくにて狂言の諸腕解きて　滑り抜けたり
南へ　西へ　はるかなる沙漠の地方へ

四章 トランスミッション

手がこんなに細くなって
関節やボルトがばらばらに外れてしまった
次におれは何に変えられるのだろう
黒く裂けた石畳に聞いても
昔の車輪の響きがするだけだ
（忘れられたルー・シュンは、「狂人日記」を書き続けている。）

聖書や悲劇を失ったアルミニウムの手は
それでも自分を探している
海底に沈んだ危ない歴史の七曲がりの街道に
サーチライトを向けて
（赤い皇帝に回収されても、ルー・シュンはなお「狂人日記」を書く。）
野草が記憶の咽喉の奥まではびこっているが……

おれは遂に確証を得た

（殺されたルー・シュンは、いつまでも「狂人日記」を書き続ける。）

信仰や忠誠で洗い清められた手は　決してばっさりやらず
見えない無数の策略を動員し
見えない賢者の網を張り巡らせ
獲物が罠に落ちるのを待つ

《その部屋に入ると、見渡す限り広々とした床に、油まみれの白大豆が敷き詰めてあった。その上を無数の人々が転げ回っている。わたしも続けざまに何回も転んだが、だんだん痛みよりも、頭がボウとして気持ちがよくなってきた。起っては転び、転んでは起って、入口から中央に動いていくと、その一帯はもう転ぶことを止めて、大の字型に伸びている人たちばかりだった。彼らのほとんどは眼を瞑り、呼吸も微かに生きているのか、死んでいるのか分からなかった。中に一人、目玉をくりくり剝きだして、天上を睨んでいる人がいたので、あなたたちはどうしてこんなところで転げ回っているんですか、と聞いてみた。彼はいらいらした表情を見せると、

わたしたちは体の中の考える芽を潰しているのです、と呟いて、また転げ出した。わたしもまた彼の後から転がっていった。》

まだ　まだ　渚の砂粒ほどには粉々にされてはいないよ
おれの汚い手は狂っているけど……止めない
（ルー・シュンは、「狂人日記」を死後も、エーエンに書き続けるだろう。）
トマトと小魚と愛すべき無用の文字と
空っぽの弾薬庫と古代の夕陽を射落とす断崖と
血に染まった古文書を齧るドブネズミとを

一　シルクロードの列島への入口、綾羅木海岸から、深夜、一艘の小舟が大陸に向かう。それが濃霧に消える頃、もう一艘の小舟が綾羅木を離れた。

二　すべてのものごとは偶然に左右され、一瞬に決する。ただ、その瞬間は、孤立した点ではないだろう。視えないが、それに至る長い道筋がある。

三　爆弾が破裂するためには、導火線に火をつける手がいる。どこかから伸びてくる、それに加担する無数の手たちは、同じリズムで呼吸している。

四　綾羅木から出発した小舟には、第三の男Hが乗っていた。それを追いかけるもう一艘に、彼の分身であり語り手たる老女、わたしが乗っている。

五　国家、教団、党、全ての集団、個人を貫いている導火線がある。引きこもり児童、ポン引き、引き上げばんばにも、熱っぽい導火線があるって。

六　第三の男とわたしの間を結んでいるのも導火線だ。どちらかに火がつけば、どちらも炎上する。一瞬に燃え尽きるのも悪くないわね。一瞬に！

七　Hは潜入する。すべての集団や個人が秘している、兵器庫の中や地下の穴倉に。この影の男とお喋り女は、撚り合わさった糸紐状の内在性だ。

八　怪しい二艘の船。玄界灘で突風に巻き込まれる。それは時空を超えるための儀式。Hとわたしは激浪に揉まれ、互いに男女双面のスパイとなる。

九　スパイは蜜の如き刃の如き毒薬・権力の臭いに引き込まれる。銀蠅が群がり、精霊が宿り、闇の力の根ざすところにしか導火線は潜んでいない。

十　いかなる集団の権力も、それが作り上げるピラミッド型の同心円の中心に、様々なイドラを刺し込み、組織への忠誠と、個人崇拝を誓わせる。

険しい峰々の稜線は溶けて　激流の河水も暮れなずみ
黒い霧は長い尾をくねらせてうねうねと這いずり回り
山間の土塀の町や　砂ぼこりの村を　飲み込んでいく

冷たい月の光は　破られた土壁のすきまから射し込み
細い路地で　甲高い拍子木を叩く頬被りの男の陰から
突然　無数の人影が踊り出し　怒鳴り　わめき散らす

上流は上海に　中流は漢口に　下流は長沙に逃れ来た
土豪劣紳どもに　三角帽をかぶせ　荒縄で縛り上げて
夜の町を引き摺り回し　叩きのめし　溝に突き落とす

こいつらの書斎に踏み込み　落書きし乱暴狼藉を働け
こいつらのお嬢さんや若奥さんの寝台で踏ん反り返れ
羽目を外し　好きなことを　たんまりとやっちまえ！

ドラを鳴らし　景気よくのぼりを立てよ
むちゃらくちゃらは　全く素晴らしいぜ

度を越さねば導火線に火はつかない　誤りを正すのに
ごろつきらの行き過ぎた運動には　正しい根拠がある

……一九二七年……湖南省湘潭・湘郷・衡山・醴陵・長沙……青白い湖
……夜明けの甕に汲む憎悪の水……絶滅の王……岩石の顔……収奪された
村の木々と荒縄が犯す無法と死刑場を背負い……飢えた者の激怒とルサン
チマンの糞溜めは綺麗だ……大量虐殺は美しい……造反有理の臭い源泉
……自覚なき歴史は反復する……自己権力の凶悪な面相を知らない盲目の
黄牛……暴走また暴走……一九六六年六月……北京精華大学付属中学紅衛
兵「プロレタリア階級の革命的造反精神万歳」……パンを作る挽臼たちの
嘆き……決まり文句とオウム返しと猟犬根性と……もうすぐ燃え上がる
……アジアの巨大なカマド……乾ききった薪で溢れている……もう発火点
だ……黄河からシルクロードを逆走し……黄色い砂漠に小さな可愛い悪魔

たちが松明を掲げて逃げ出した……奴らはのぼせあがり跳ねまわってる
……すべてを爆破する熱いコードを手に手に狂乱のダンス……天安門広場
での絶滅の王の降臨・演説……
——わたしとわが偉大な党の共和国のために　目前に迫っている永遠の古代の理想のために　おまえら十数億の虫けらどもは　餓死することも厭わなかった　虫けらどもの流す血は　いまや腐敗し多臓器不全に陥っている瀕死の帝国の汚れを浄化してくれた　しかるに役立たずのインポテンツめ西洋かぶれのこんこんちきめ　言わせておけば朝から晩まで不平不満を囀っている三文詩人　あのふざけた京劇のふうてん役者　知識という糞壺にはまったゴキブリ野郎　袖の下さえ貰えば何でもする小役人ばら　詐欺師たち　どんな神とも仏とも寝る淫売ども　おまえら虫けらにも劣る　へなちょこの貝割れ大根たちは　余の笑いの棍棒でぶちのめされる　情け容赦は不要だ　こいつら全部束ねて屠場に放り込め　犬に愛想よくすれば　犬は尾を振って噛みつかない　おまえら虫けらにも劣る奴ばらに優しくしたらどうなるか　増長して好き勝手のやりたい放題だ　だから　こいつらに

は暴力だ　革命だ　内乱だ　虐殺だ　余の指一本で死にたがってる奴らを天国におくりこんでやろう　何という快楽だ　余は笑う自動機械になってしまったぞ　誰か　誰か　余の笑いを止めてくれ　われらの血で染まった美しい党と共和国のために　余は虫けらどもを自由自在にコントロールする　余は絶滅の帝王なのだ　虫けらどもを見よ　可愛い奴たち　奴らは嬉嬉として寺院や教会を破壊しつくし　仏像の首をちょん切り　十字架をへし折り　マリア様や観音様とやりまくっている　すべてのブルジョワ的に淫猥な名画は引き裂かれ　難解なパッチワーク的イデオロギーは破棄される　お子様ランチ風抒情詩集　虫けらどもを惑わすシンピ的な経典は　次次にかき集めて燃してしまえ　真っ赤な炎は天を焦がし　煙はテンシャン山脈を越えるだろう　よいか肝に銘じておけ　革命は上品な猫を招いて御馳走したり　ややこしい韻を踏んで詩をこしらえたり　深山幽谷の山水画を描いたり　歌舞管弦を楽しんだり　そんなお上品で　おっとりした　つつましく　控え目の　プチ・ブルジョア向きのお遊びやヒューマニズムではない　倒さなければ倒される　一つのテロに対しては百のいや千のテロ

で応えよ　死に物狂いの権力闘争にいかなる妥協もいらない　最後に笑いまくるのは余の正義だ　余の宰領する党の赴くところに　真理の真っ赤な絨毯が敷かれる　悪臭を放っている赤毛や青い目の民主主義・自由主義の息の根を止めるのは　余の君臨する党の戦車　絶対の独裁しかない　党は機関銃だ　爆裂するカボチャだ　聖なる伝染病だ　ダダダダ　ダダダ　だ
最も偉大なボウフラを讃えよ　最も偉大な領収書を讃えよ　最も偉大なピンポン玉を讃えよ　最も偉大なオタンチンを讃えよ――
……一九六六年八月三十一日、天安門大会における四つの「最も偉大な」スローガン、北京から全世界へ……一九六八年五月パリ、カルチェ・ラタン……破産だ、ぶち抜け、吼えろ……一九六九年東京、全共闘の導火線、全国の大学に繋がる……神戸……一九七〇年一月「なにものかへのあいさつ」……仮装被告団……一九七二年一月連合赤軍結成……二月、浅間山荘〈包囲〉銃撃戦……下仁田・榛名・迦葉・印旛沼……十六の墓標。

銃口を向けられた記憶の回路の中で

おまえはおまえの敵の熱病を病んでいる
季節の輪はめぐる　輪はめぐる　苔むす洞窟の奥
《My United Red Army》

五章

スケルツォ

狂女の日記風に

二〇〇X年X月X日

　それ故に……。それ故さんたちが、不意にこの貧しいマンションのワンルームに押し寄せてきた。それ故さんの代表のそれ故氏は、素っ裸のまま、直立不動の姿勢で敬礼した。彼は全身黒々とした毛に覆われ、腹の真ん中には丸い穴が空いているのだった。その穴は浅いようで深く、狭いようで広く、空っぽのようで、詰まっており、単純かつ複雑な存在らしかった。それ故氏は、われわれそれ故連盟の突撃部隊はそれ故にダンコとして、エエト、そそそれそれ故に、ダダダダウンコとして……それ故にどうしたの、とわたしが聞いたら、……それ故氏は、空中に突き出した、かちかちのダダダウンコにすがりつき、掻き毟り、興奮のあまり、黒い毛を逆立て震わせて、遂にその場に倒れてしまった。その衝撃で、毛の生えた埴輪のようなそれ故氏の身体には、無数の罅が入り、欠けて歪んで一層複雑に単純化した穴から、ぼろぼろと干からびたミミズや丸虫、小石や使い古されたことばの破片が、ごちゃまぜになって、こぼれ落ちたのだった。それ故に、それ故氏は、この上もなく痛ましかった。それ故に、もっと痛ましかったのは、それ故氏の背後に詰めかけていたそれ故軍団が、それ故氏を助け、介護するどころか、代表を見捨てて、一斉に逃散してしまったことだ。それ故に、死語のゴミと化したそれ故氏を、早く片づけるように、これからわたしは管理人に伝えに行かなければならない。

二〇〇X年X月X日

それ故に……。わたしにその予感があった。それ故に……。それ故氏とその一党が押し寄せてくる前に、あの擂鉢状の地勢の中に造成された団地から、ひそかに脱出し、このワンルームマンションに移ったのだった。あいつらが、それ故に……を連発し、わたしの正体を暴きたてないではいられないからだ。息絶え絶えになるまで、わたしの逃亡の責任を追及しまくるやつら。でも、わたしは、何時だって、わたしからもっとも遠い誰かだから、おまえは過激なカラスだっただろう、と言われても、わたしは単なる狂った巻尺だったのかも知れないし、底の破れた郵便受けだったのかも知れない。じっさい、いまもわたしは狂女の振りをして日記を書いている。

ねえ、あんた、振りと言ったって、死にもの狂いの振りもあるのよ。海と闘う振りをしたあいつは、大波に攫われ、大洋に呑み込まれた。わたしは深い井戸を覗き込んでいる振りをしていただけなのに、井戸の方は頑丈な手を突き出して、暗い古代の渦巻く水底へ引きずり込むまで、わたしの首根っこを摑んで離さなかった。

二〇〇X年X月X日

それ故に……。海峡に面して、その生命の土台を潮流に洗われている、この八階建の古マンションは、いっぱい水を湛えて直立する井戸でもある。しかも、その細みの建築物は、満身創痍の老体であり、斜塔のように傾いて、いまにもどっと海峡の波頭の上に崩れ落ちそうだ。あの被害者意識で固まった、それ故氏率いるそれ故軍団は、しつこい触手で、わたしの新しい居所を探し当てたが……。すでに彼らの造反有理のルサンチマンはぼろぼろに腐蝕し、海塩で錆びた鉄扉の玄関に、たどり着くまでが精いっぱいだったのだろう。

二〇〇X年X月X日

それ故に……。わたしが第三の男Hを追いかけ、この港町までたどり着き、やっと彼の所在を突き止めた、と思ったら、逃げまくっている彼は、すでに北京へ出奔していたのだった。そこでわたしも彼の後を追って、北京の海淀区のウイグル人たちのスラム街に潜入しようとした。そこに彼がいるという噂だったからだ。しかし、そこまでやってきたら、北京オリンピックのための都市計画によって、かつてのスラム街は一掃され、その跡地にはポストモダンの奇怪な高層ビルが立ち並んでいた。わたしが白石橋路の十字路の陸橋の上に立ち尽くして、茫然自失している時に思い浮かんだあの詩句は、誰のものだったのかしらん。

直にして曲なり

畜生の唄　奴婢の踊り

二〇〇X年X月X日

それ故に……。わたしは夕暮れの海淀路を北に進み、大通りのポプラ並木から舞い上がる柳絮のように、あてどなく彷徨い歩き、いつの間にか円明園に入り込んでいたのだった。そこは清代にベルサイユ宮殿やバロック建築を模して、造られた離宮だった所。アヘン戦争で英仏連合軍に徹底的に破壊され廃墟と化している。その上、さらに義和団事件、文化大革命が襲いかかり、いっそう荒廃が進んだ。わたしは歩き疲れて道路脇の暗い草むらの中に転がっていた。そこに失踪したH、浮浪人の姿をした、わたしの愛しい男が歩いているではないか。アッ、わたしは声をかけた。奴はにやりと笑った。よく似ているが彼ではない。わたしの愛するHによく似た偽物。男の含み笑いの意味が分かった。わたしがうなずくと、彼はわたしの上に覆い被さってきた。一瞬のことだった。彼はわたしの衣服を剝ぎ取り、ことばもなく犯したが、本物より偽物の方に、わたしの身体の官能が、強く反応したのはどうしてだろう。わたしは地方から職を求めて盲流してきたらしい、黒く垢で汚れた浮浪者、痺れるように強烈な牛の臭いにしがみついた。もっと抱かれていたかった。空耳だろうか。黒々とした木々の間から、テンポの速い三拍子の楽曲が流れてきた。ショパンのスケルツォは、どうしてこんなに凶暴なんだろう。周囲の樹木の闇の中には、幾つもの《蜥蜴の眼》が光っていた。

二〇〇X年X月X日

それ故に……。三日間、砂嵐が続き、わたしは安宿に閉じ込められていた。今朝、久しぶりに窓から陽射しが入っている。わたしは当てもなくHを探しに、洗濯された下着が、上にひらひらしている極端に狭い路地を突き抜けて、白石橋路の歩道に出た。そこでタクシーを拾い、孫文を記念する中山公園に行くよう指示した。たぶん、そこにHがいる。車から降りると、予想通り、公園の内も外も武装警察隊でいっぱいだった。爆弾テロが起こっていた。しかし、現場には行かれない。あきらめて公園から天安門広場に通じる地下道に入った。そこでは小錦ほどある大女が、額から血を流しながら、警官たちと取っ組み合いをしていた。大勢の警官が体当たりしたり、棒で殴ったり、横っ面を張り倒しても捕まえられないのは、大女が必死で暴れながら、むっくりむっくり膨張していたからだ。派手なブラウスやスカートは引き千切られ、脂ぎってぎらぎらしている肉体が剝き出し、妙に生々しい茶色の恥毛まであらわになっても、大女はひるまず、大声で喚き散らしている。これを取り巻いた野次馬たちも、首絞めろ！　殺っちまえ！　などとけしかけては歓声をあげている。ようやく警官が大女の上に何人ものしかかって転倒させ、ロープでぐるぐる巻きにして縛り上げると、六人がかりで肩に担いで出口に向かった。取りまいていた野次馬たちから、いつの間にか調子の狂った義勇軍行進曲の合唱が湧き起こった。「起来！　起来！　起来！」。武装警察隊は野次馬を蹴散らしながら進んだが、時々、大女を降ろして縛り直さなければならなかった。巨大な肉の塊りがますます凶暴に膨張し、ロープが切れてしまうからだ。担ぐ警官も六人が十二人に、さらに三十人に増えていった。ようやく地上に出ると、天安門広場の青空はどこまでも美しく晴れ渡り、空には大小の色とりどりの凧が舞いあがっていた。自転車に三色旗を立てたアイスキャンデー屋さんは大声でお客を呼んでいるし、着飾った小天子たちは、きゃっきゃきゃきゃっきゃと奇声をあげて追い駆けっこしている。小山ほどに膨らんだ肉の塊りは、ロープを解かれて、広場の隅に放っておかれたが、あたりに警官もいないし、誰も注意しない。ぐったりして横たわっている大女は、正午の強い陽射しを浴びて、氷のように溶け出し、芝生に浸み込んでいった。

二〇〇X年X月X日

それ故に……。北京から青島経由のフェリーで、わたしはこの港町に帰り、その後、引っ越しした。わたしは、いまにも倒壊しそうなマンション、この直立した深い井戸の底で、あの廃墟の夜のスケルツォや地下道の大女の恥毛を思い出し、甘美な唾の混じった恐怖に震えている。曇ったガラス窓から、眼下の海峡を見ると、一艘の無人の舟が漂流していた。よく見ると、無人ではなく女が一人乗っていて、両手をあげて助けを求めている。もっと近づいてきたそれは、女ではなく、巨大な真っ黒い蟹だった。真っ黒が鋏を振り上げて怒り狂っているのだった。舟中が真っ黒の泡で沸き立っている。そのうち、舟はわたしの前を流されていき、だんだん遠ざかると、真っ黒はまた女の泣き叫ぶ姿に変わっていった。わたしは手を差し伸べるが、距離は広がっていくばかりだ。

二〇〇X年X月X日
それ故に……　薄明かりの細い路を遡っていったの
その場所は　比喩も反語も狂気すら意味を持たないの
そこではもう目を閉じなくていい……の
そこでは呼吸だって無理にしなくっていい……の

二〇〇X年X月X日
それ故に……。わたしはあの年、仮装被告団から脱落した。絶滅の王Mは、わたしの信頼するオケラ、第三の男Hの名前を騙って、わたしを近所のスーパーの駐車場におびき出した。車に隠れるように立っていた能面の王は、わたしの腕を摑まえて、仮装被告団に復帰することを求めた。Mの前のわたしは回転する機械に巻き込まれた細長い昆虫。悲鳴も上げられなかった。駐車場の車から一斉に警笛が鳴った。雀が飛び立った。誰かが笑った。とつぜん、黒犬の群れが、地下から飛び出してきた。彼らは吼えた。それ故に……。われらの王と共に戦え。それ故に……。王から逃げるな。それ故に……。被告を仮装する無数の時間の糸に絡まれた彼らとわたし。それ故に……。降り注いでいる、真昼の冷たい月の光の下に転がされ。それ故に……。昆虫は羽根を捥ぎ取られた。

二〇〇X年X月X日

それ故に……。あの羽根を捥ぎ取られていた日から、わたしは毎日、自分の部屋の中を歩き回っていた。ときに何時間も蛇になってとぐろを巻き、鎌首をもたげ、辺りを窺った。それ故に……。眠ってるのか、醒めてるのか、分からなかった。わたしはことばを失い、五線譜のような抽象の線が、床から舞い上がったり、乱れたりしながら、白紙の起訴状に絡まっていくのを見ていた。独房で出される一杯の水、冷めたカレーライス、汚れた白い便器などの幻影に、いつまでも脅迫されていた。部屋の中は風もないのに揺れている、パウル・クレーの「泣いている天使」。壁上のカレンダーは、いつも一九七二年六月。

六章
出現罪

出現罪

妄りに人の居ない座敷の中に出現して、箒の音を発した為に、その音に愕いて一寸のぞいて見た子供が気絶したなれば、これは明らかに**出現罪**である。依って今日より七日間当ムムネ市の街路の掃除を命ずる。今後はばけもの世界長の許可なくして、妄りに向う側に出現することはならん。

（宮沢賢治「ペンネンネンネンネン・ネネムの伝記」より）

幻惑罪、あるいは幻滅罪

吐き気がするような低劣、性的倒錯、非論理的曖昧、バカ、白痴、ファルスに戯れて、あんたはん、限りなく無型だって。うおっ。無系、無為、無意味にして空と化す、だなんてムチャラクチャラに、ムムムムムーブメントを追求し、噛みつき、飲み込み、消化し、排泄する一本の無官となり、無冠となり、無管となること。神も仏も存在しないことばの原罪だけを背負い、前言語の奏でるインチキ臭い交響楽に耳を傾け、公理に背いてやたらに腐蝕し、崩れ、無方向に流れ動くことが好きなの？　止めた方がいいと思うけどな。だって、文法の網の目、綺麗なレース編みを破り散らかしても、浜辺に散らかる貝殻を踏みにじっても、みんな昔は、金の星。夜空に光る金の星。権力の統辞法が、襤褸切れを継ぎはぎしてこしらえた、かの懐かしい童謡の処女膜を喰い破って生誕した、可愛い赤ちゃんの老いた産声。ああ、気色の悪いその産声によって、よいか、ナンジは**幻惑罪、あるいは幻滅罪**として裁かれる。

分離罪、あるいは切断罪

鋏よ。女たちの話をしておくれ。おまえを握る女の手は恐怖だったのか。歓喜だったのか。鋏よ。おまえは気まぐれ。ダンスしながら、世界地図を切り抜く。鋏よ。おまえは軽はずみ。あわて床屋では、兎の耳をチョッキン、チョッキンと切り落としてた。鋏よ。おまえは刃金の冷たさを持っているから、いつも一人ぼっち。鋏よ。おまえは残酷。敵や標的を突き刺す。切り裂く。生きたまま殺さずに。鋏よ。鋏よ。影切る刎れ。影切られた詩人は何処へ行ったらよいのか。鋏よ。おまえはただ切断したいのではない。

分離すること。鮮やかに暴力的に。おまえは**分離罪**、**あるいは切断罪**の名前で告発される。おまえによって、一本の紐のように退屈な物語の線条が断ち切られる。わたしと彼、不安と煙突の境目がぐらつきだし、あらゆる豆類とココロが入り混じり、澱粉や水滴として飛び散り、もっともらしい隠れ家の秘密が炎上する。おまえの鋭い閃きによる省略や凝縮が、発光する暗号の綴れ織りをおびき出し、切断されて舞い上がる無数の神経繊維が織りなす、七曲がりの先端から、遥かな古代の海が眺望される。鋏は鶏卵より小さな岩礁の所有や、臭い溝の帰属を巡ってさえ、脅迫し合っている、すべての領土拡張主義者の国境に佇む。おまえの切断の欲望で何百万人もの血が流れる。おまえは分離されたものの行方に関心を持たぬ。おまえは恐怖を知らない恐怖だ。鋏よ。おまえは左右対称の美形を誇っている殺し屋。その無方向の切先が引き起こす犯罪の魅惑に、詩は脱ぎたがっている。

流言蜚語罪

草臥れ果ててぐったり　飢えすぎて病みほおけ

気が触れたある日の夕暮れ　あかく空が焼ける頃
両足を地べたにべたりとくっつけ
目玉を白黒させながら　吐き捨てた言葉が
えいっ
チャンチャラおかしいや　世の中！
この言葉　口から漏れるよりもはやく　ガチャン
たちどころに安道の両手に手錠がはめられ
ずるずるっと引きずられ　裁判所へ引ったてられてしまったわい
トントントン　木槌を叩き
どういう罪を犯したのだね？
両足地につけ　口先から出まかせに
流言蜚語を吐いた罪にてございます
（金芝河「蜚語」より）

仮装罪、あるいは仮面罪、あるいは擬態罪
鬼や夜叉を仮装して往来を歩いても罪にならない

頭に火喰鳥の羽根を付け　猪の牙を口に嵌めていても罪にならない
しゃもじを左右の耳の上に立て
破損したほうろくを被って踊っていても拉致されない
顔を絵具や蛍光塗料で彩色し
鶏の脚を腰のまわりにぶら下げて　交番に出頭しても追い払われるだけ
おまえ　何だって犬猿牛馬の剝製の頭部を被りたいの？
その上　秘密の部屋で美女に鞭打たれて這いずりまわっていたって
覗き穴趣味のおじさんやおばさんに喜ばれるだけじゃん　アッハ
次々と新種の妖怪の仮面をつけて遊んでいる小さい者は罪にならない
瞼や鼻　へたくそな抒情歌の整形手術をして
美しくなったり　醜悪になったりしても　あんたの勝手！
棍棒でめためたにぶたれ　二倍に膨らんだ顔をして
鼻水ずるずる　鼻血ぼたぼたした顔で同情してくれって言ったって
同じ穴の狢同士の争いじゃんか　ペッ
地獄を見過ぎて無表情になったものは罪にならない

デスマスクやドクロが顔に同化し
血や神経が通い始めたものは　**仮面罪**に問われる
公衆の面前で　仮面をつけていない　仮装していない　と
強情に言い張るものは　**仮装罪**として捕縛される
教室にバリケードを作って立て籠もったり
教授の入室を拒んだり　講義を妨害したり
研究室でおしっこしたり　うんこしたり　してもしなくても
愉快に幼稚に犯行をひけらしている学生　あるいは偽学生たちは
彼らの好きなだけ　やりたいだけやらせておけば
やがてお母ちゃんのおっぱいが欲しくなり　尻尾を巻いて家に帰るさ
韜晦ばかりしていて正体不明の者
顆粒状の凸凹をいっぱい作り　しかも　不規則に変色変幻する文体で
詩を書く者は**擬態罪**として極刑に処せられる
長年の修行の甲斐が実り　ノッペラボーになったものは
見世物ショーを催す興行師に引き渡される

仮装罪付録そっくり罪

ゴマキそっくりのメイクをして、ゴマキそっくりのゼンラになり、ゴマキそっくりのへそピアスして、ゴマキそっくりに、ゴマキのラブソング「アイのバカやろう」を、ゴマキいじょうにゴマキそっくりのフリと、ゴマキそっくりのノリでうたってごらん。きっとゴマキの**そっくり罪**になるかも。

表情罪

公衆の面前とかテレスクリーンの受像範囲内にいる場合、物思いにふけることは極めて危険な態度であった。些細なことで正体を現す場合があるものだ。顔面の神経質な痙攣とか、無意識の焦燥感とか、独言の癖など――そうした類はすべて異常なもの、何か隠し事をしていると解せられた。ともかく、その場にふさわしくない表情を浮かべることは(例えば勝利が発表された場合に信じ難いような表情を見せるのは)それ自体、刑罰に値する罪であった。新語法にはそれに該当する単語さえあった。それは**表情罪**

と呼ばれていた。

（ジョージ・オーウェル『一九八四年』より）

螺旋的快楽罪

ネジのフリーセックスはエロチックではない。規格品同士の愛なんて。花盛りの車輪にネジたちが集まった。さぁ、祭りの始まり。ネジの喜びは単なる交接にはない。結婚制度の枠に固定されているネジたちの、羽目をはずす歓び。ネジたちは自分の体に彫られた、つる巻線によってオーガズムに達する。ネジの入る円筒の内に螺旋構造がなければ、快楽の地下室までは行けないよ。ボルトがナットと馴染む為には、固さだけでなく緩みが必要である。ネジが螺旋状に登り詰める体験がなければ、一篇の詩も生まれない。それを知っているものだけが**螺旋的快楽罪**の地獄に墜ちる。全ての思考し、感覚する機械の運動に、オネジとメネジの原理が働いている。ネジ巻け。ネジ切れ。ネジ込め。ネジけよ。ネジ曲げよ。ネジ向け。ネジだ。ネジだ。ネジが狂っている。ネジが外れた。ネジ腐り……。

排泄罪

肛門が便器の受け口に正しく乗っていなければ、文体は安定しない。老廃物をすみやかに排出せよ、と言ったって、排泄器官の機能は働いているのか。昆虫的思考では無理だね。マルピギー管が滅茶苦茶複雑に絡まってるのだから。おまえの身体を一本の排泄器官として自覚せよ。そこに世界視線を流し込め。そうすれば、もはや欲望と下痢のみみっちい対立は存在しない。下痢こそ創造の契機となる。政治結社も宗教結社も、あなたの愛する国家も、正々堂々と排泄しない。禁忌、隠語、暗示、推測、追従、ねたみ、憎悪、女衒、策略、陰謀、蹴落とし、秘密の支配の中で、糞詰まりを起こしている。恋人同士は仲よく排泄器官をつないで、一つの便器で一緒におしっこ。抑圧や専制からの逃走、あるいは闘争は、遂に排泄器官の破裂まで行きつくさ。破裂を起こしたおまえは忌まわしい**排泄罪**の首謀として逮捕される。そこからがすべての始まり。今日の排泄器官は、詩学のカテゴリーを破って、いたるところで自由を垂れ流してる。何かが終わるという理由がない。それが**排泄罪**を受苦した者の、悦ばしい本領……

微笑罪

れんげれんげ　蝶の花
あかしろれんげ　手に摘んで
れんげを編んで　首飾り
風に吹かれて　あかしろれんげ
れんげをつないで　頭に花環
――あなた　いま　笑いましたね
どんな笑いも罪の匂いがします
哄笑は　明らかな根拠　崩れた表情　大声で笑うから許されます
苦笑は　自分か　他者に対して恥ずかしがってるからいいとしよう
冷笑及び嘲笑は　周りへの侮蔑をあらわにしているので認めます
憫笑は　おのが優位を誇っているので　勝手にしておけ
失笑は　思わず漏れる失禁に似てるからこらえておあげ
あなた　また　笑いましたね

微笑は　ひとをかぎりなく不安にさせます
仮面の左半分で優しく微笑み
仮面の右半分で悲しみの表情を湛え
思わせぶりに黒い喪服を着て腕には数珠を巻き
両手でそっと不義の子を身ごもっている腹部に触る
それは　だれにも罪を負ってない　という振りをした最大の罪悪
無垢の毒カステーラに　通じています
微笑する罪を犯した者は　三日間生き埋めの刑
ただし　微笑んでる顔だけを地表に残して

七章
ソクラテスのくしゃみ

わたしはことばなのにことばに背かれてる
　わたしは壊れた　まがい物の自動書記機械
　　わたしは生きる目的もなく死ぬ理由もない
　　　わたしは飽きもせず港を見て暮らしている
　　　　一羽の鷗が飛来する　すると港が変わった
　　　建物は移動し　魚市場は空中に躍り上がる
　　黄色い三角旗を持った　幼稚園児達の行列
　波打ち際に　紙屑のように引き寄せられる
一瞬　見慣れていた港の全景は廃棄される
鷗でなくってもいいさ　一本のベルトや紐
　コルセットの発明がおんなの身体を変える
鷗でなくってもいい　一行の行商人になる
するときみのあたためている空っぽの卵に
　この世の行き場のない不安な視線が集まる
　　詩もなく　歓びもない　ただの翼を恐れよ

鷗でなくってもいいさ　見慣れない貨物船
それがこの港湾の一切の配置を組み替える
白い石油タンクの歯列が敗北に染められる
　市街戦の銃撃や催涙ガスの煙が立ちこめる
　　無いものからの飛来や発生は　クソクラエ
　　　無いものからの譲渡は　ステチマワナキャ
　　　　無いものからの滑走は　ダメナノ　ワタシ
　　　　　無いものからの演奏は　オナカガぺコぺコ
　　　　　　無いものからの悪意は　ドウシテナノソレ
　　　　　あっ　また　黒い鷗が飛んできた
　　　　波状の時の流れの中から
　　　一羽　二羽　三羽……

わたしは何者かに誘われて、みもすそ川公園のバス停まで、海峡沿いの国道を歩いていった。そこから、横断歩道を左に折れると、すぐに海底人道トンネルの入口だ。エレベーターで五十五メートル。真っすぐに降りる。一瞬の地獄下り。海底に着いて、わたしがトンネル内を歩きだした途端に、海水が流れ込んできた。塩辛い水がたちまち、目や口を塞ぐが、呼吸も歩行も困難ではない。目は海底をゆるやかに下がっていく歩道を捉えている。海水に呑み込まれて数分。わたしは時の感覚を失ったらしい。歩いているのか、トンネルの地底が動いているのか。みもすそ川から、対岸の和布刈神社近くの出口まで、歩いて十五分のはずなのに、一向に出口が見えない。それどころか、トンネルは無数の分岐を持っている。どの地獄道に迷い込んだのか。低い天井、白い壁に囲まれた通路を海水が後方から、前方に向けて流れる。私の足も流れに沿って、勝手に前へ前へと動いている。背中を押す流れに逆らって、振り向くことも、後退りすることも許されない。真っすぐに降りた海底トンネルは、たしかにコンクリートでできていた。でも、いまは何か細長い動物の胎内を歩いているような感じだ。壁も足元の道も柔らかく微かだが、膨らんだり、縮んだり、規則的に呼吸をしている。風景を奪われるということは、内面を失うことだろう。でも、ここは記憶の内部かも知れない。ふと目の前の壁がガタガタ揺れた。その陰から凶暴な猫が飛びだした。

（そいつはにやりと笑った。）

おまえはドブネズミなのに、自分がノラネコだと信じ込もうとした。でも、やっぱりドブネズミはドブネズミ。

（そいつはまたにやりと笑った。）

ネコになれなくても、ネコを仮装するのは簡単じゃん。みんなネコになりたいものは仮装ネコになっちゃえば。心で仮装しても、身体はネズミのままだよ。かまうもんか。われはネコなりと言い続けていれば、きみは正真正銘のネコだよ。

あんたは本物のノラネコだから、われはネコなりと言ったって、誰も驚かないさ。でも、わたしはね。身体だってあんたの足一本にも及ばないし、ネコの心だって難解でよく分からんもの。

おれだって本当はネズミかも知れん。

（そいつはまたにやりと笑った。）

ネコっかぶりして、本性を隠してるから、ノラネコに見えるだけだよ。きみだって、いままでネズミじゃないのに、ドブネズミを仮装させられていた。ネコとか、ネズミとかいう差異なんてもともとないいんだよ。ウソ、わたし見たもん。あんたがネズミを、おいしそうに食べてるところを。

それはきみの幻覚だろう。

いいえ。賤しいドブネズミがネコになるためには、食べられなきゃいけないんだわ。ネコさん、お願い。わたしを食べて。早く、早く。仮装ネコだなんて、いやっ。本物のネコになりたい。

（そいつはもう一度にやりと笑った。）

大きくトンネルが収縮した。海水が音を立てて盛り上がった。記憶のどこかが陥没したのかも知れない。背後からは、なお激しい潮流が押し寄せてくる。脱出口が見つからないのに、わたしの足は勝手に前へ前へと動く。

ふと気付くと暖簾のような看板がぶら下がってる。「**仮装ノラネコ軍団・入団資格試験会場**」。後ろから強く何者かに押されて暖簾を潜ると、いきなり、一枚のビラを渡される。「この試験問題を漏らしたものは、軍団によって総括（リンチ）される」。目の前にどかっと座っている、大魔王のような立派な髭を生やしたノラネコがにやりと笑った。

最初の問いだぜ。なんじはネコを単に模倣したいだけだろう。それともネコを偽装したいのか。やっぱりネコを仮装したいんだな。それともネコを仮構するのがのぞみ？　フン、答えられんのかい。前途多難だね。

では、第二問。次の二つの証言をきみはどう思うかね。「裁判官殿。このドブネズミはネコの名を騙る偽物です。彼の証言はまったくの嘘の皮。眉唾物です。こいつの言う絵空事なんかにだまされてはいけません。立ち入り禁止区域に入って、乱暴狼藉、法を犯したのはノラネコのわたしです。こんなドブ野郎にそんなことができるわけがありません。」「いいえ、裁判官殿。わたしは突然、地面に引き倒されたのです。口から泡を吹き出し、ぎちぎち歯ぎしりして、身体が棒のように硬直し、耳も聞こえず、目も見えず、のたうちまわっているうちに、魂がすっと抜けて行きました。ドブネズミのわたしはやっとノラネコに仮装できたのです。歓喜がわたしの脳髄を貫きました……」。ふん、そんなしかめっ面するな。なんかほら、おまえさん。南京袋を嚙み切って、コソ泥しただろう。そんなことごちゃごちゃ言ったらええがな。ふん。

第三問はきついぞ。仮装ノラネコも仮装ノラネコ軍団も実は存在しない。存在しないから、入団資格なんてあるわけがない。ありもしない組織への入団資格試験をわれは取りしきっちょる。その理由を述べよ。はっはぁ。お前のようなしみったれたネズ公が暖簾を潜って入ってくるからな、けっこう、商売が成り立つんじゃよ。ほう、食べごろじゃな。

ノラネコの毛むくじゃらの手が伸びてきた。やっとトンネルを潜りぬけて、地下六十メートルから、一挙に光あふれる地上に出た。和布刈神社前だった。

波の上を飛んでいるのは鷗だろうか

風に煽られ　舞っているのは黒いビニール袋です
いいえ　聞こえてくるのは
遠い夢の中のくしゃみです
遠い夢の中のくしゃみです

八章

ソフトボール公判

かつて消された、無数の証言の断片が、いま、飛び交ってるよ。

……あんたの操り人形やってるうちに、まわりの人と物から、おれはすっかり切り離されてしまった。そのことを書きたいが、でも、指に力が入らない。あんたを拒否しようとすると、ペンが動かない。畜生。遠くの稲妻の光り。おれの喪失の感覚は、全世界的なものだって。アホ臭い。おれのテンプラの感覚は、メッキだシラミだ。シラミだメッキだ。部屋の半開きの窓から、襲いかかってくる黒い閃光。おれの神経を引き裂く轟き。おれは拒絶された精神でも棍棒でもない。メッキだシラミだ。シラミだメッキだ。あんただって痩せた一枚の野菜畑。萎びた一本の黄瓜ですら……

……はですね。十一月二十五日のN地方裁判所のソフトボール公判に、すべて象徴されていました。この日、どこから出されたのか不明の、被告人召喚状はですね。その召喚場所を、国立仮装病院心療内科の一九七三号室に指定していました。そのためにですね。法廷は裁判所と病院の二つに分裂して現れたのです……

……わたしは毎日、一九七三号室の白い壁と向き合って、受難の本性の研究をしていました。研究と言いましても、医者や看護人にとっては、わたしの中に棲みついている、無数の気味の悪い昆虫の呟きか、意味不明瞭の落書に過ぎませんでしたが……

受難とは　ちかちか痛い音がする　光の渦
受難とは　片方の羽根を捥がれて　落下する流星
受難とは　生成変化する長い尻尾　深夜の無人電車の
受難とは　とりわけ収縮と膨張を　数秒毎に繰り返す携帯電話

ソフトボールが両膝をついて　バットがその前にひざまずいている
バットがゆるやかに回転して　ソフトボールをやさしく愛している

受難とは　熱い蒸気と黒い噴煙を　密閉してふるえる海賊箱
受難とは　押し寄せる黒い雲霞に　踏み潰される祭壇

受難とは　絶滅オオアルマジロが　垂れ流した糞
受難とは　摩擦される家畜たちの　呻く火花

……これは聞いた話ですがね。オリンポスの山頂では、空気が極めて薄いためにですね。そこへ登ったタナカエイコウさん。ご訂正有難うございました。なにしろ無学なものですから。ええ、そうなんですよ。太宰治のお弟子さんで、太宰の墓の前で自殺した、あの酒呑童子タナカヒデミツさんです。ええ、ええっ。ボートのオリンピック選手だったんですよ。小説書く前にはね。そのヒデミツさんが、あのう、オリンポスの山頂に登った際に、お酢とアルコールに浸したスポンジをですよ。それをあのう、たしかに本日の証言とは関係ないですけど、もう一言喋っていいですか。あのう、それを口や鼻に当てて、というのも、空気が薄かったからでしょうね。それが癖でヒデミツさんは、下山した後も、小説が書けないので、あの洞窟のような四畳半の汚い部屋で、毎日まいにち、酢とアルコールを染みらせたガーゼを、鼻や口や耳や目やお尻の穴ん子まで、当てがって生きていたんです。それはヒデミツさんではないって、そうそう、それはおれのことでした。きっと、病室の空気が希薄で、呼吸が困難な状態にしばしば陥るんです。裁判長殿。並びに検事や国選弁護士の皆々様。本日はオリンポスの山頂まで、ご来臨賜りましてありがとうございました。これはあるたしかな情報筋から聞いたことですが、その山頂では、天気清朗波高く、雨も雪も降らないので、生贄をささげ奉った皆さんは、ユピテルの祭壇の前で、なんと悦びのあまり、ストリップ症にかかってしまったわけでして、興奮の絶頂では、何しろ空気が薄いので、気絶する人が続出しまして。えぇっ、真の恐怖とは、山頂であろうと、下町の四畳半であろうと、肉体であっても、精神であっても、そこが裁判所か、病室かを問わず、十字架上にいるのがヒデミツさんであってもなくても、見えない地下の断層から、共犯めいた笑いとともに噴き出してくるテロルや死の焔に、焙られていい気持になることデハ……

……山上では長い犬歯を突き出した野猪の大群が、餌を漁っていました。

その頃、山の麓の大学の学生たちに取りついていた、目も鼻も口もない怪しげなウイルスたちは、紋切り型のスローガンを絶叫するしかない彼らに、うんざりしていました。それで目も鼻も口もない怪しげなウイルスたちは、空気のおいしい山の中で、無心に遊んでいる野猪どもに取りつくことにしました。野猪どもは、およそ一万匹もいたでしょうか。目も鼻も口もないウイルスが、胎内に入って、凶暴化した野猪どもは、長い犬歯を振り振り山の急斜面を滑り降り、大学の構内を駆け抜け、街の中を海へ向かって伸びている、幾筋もの坂道を、ひしめき合って突進しました。見物していた街の人たちをも、巻き込み、引き連れ、その先に広がっている、蒼い海の中になだれ込んだのです。こうして、目も鼻も口もない怪しげなウイルスに取りつかれた、すべての野猪は、溺れ死にました。これまでとは、全く種類の違う戦争が始まったのは、それからでした……

……いま、仮装病院の一九七三号室に収容されている彼女は、三十七年前のその日、N地裁の二十五号小法廷に、公務執行妨害、器物損壊の罪名による被告人として、出頭していました。傍聴席には、わたし一人しかいません。彼女とわたしは一卵性双生児みたいによく似ていて、誰からも姉妹と間違われました。仮にわたしが法廷に立ったとしても、裁判官も弁護士ですら偽物であることに気付かなかったでしょう。でも、公開していませんでしたが、彼女の国籍は韓国でした。彼女はこの法廷で、とつぜん、裁判官の制止を振り切って、わたしにソフトボールを投げました。わたしたちは被告席と傍聴席で、楽しげにキャッチボールをしたのです。一回、二回。でも、職員に取り押さえられながら、彼女が三回目、渾身の力を振り絞り、わたしに投げたボールは、天井高く上がったところで、火を吹いて爆発し、その大音響は、法廷空間を圧しました。裁判官は、直ちに被告と傍聴人を拘束せよ、と命じました。しかし、ボールが炸裂した時、彼女はそこに倒れたまま、立ち上がれませんでした。そして、わたしは二階傍聴席で、二人の警備員に腕を取られ、何処かに連行されたのですが、それが何処かは、誰も知りません。わたしも分かりません。い、ま、わ、た、し、は、ど、こ、に、い、る、の????……

炸裂して破片と化した　ソフトボールの上に　バットは横たわり
「シラミとメッキ」を楽しんでいたが　決して祈ったりしなかった

……水中眼鏡をつけて、おれは砂嵐の立ちこめるアジアの街を、いまなおさまよっている。汚い商人宿のベッドの上で、飢えのあまり、遂に複数の淡水魚を病んだ脱走兵たちは、スラム街のブラック・ホールに吸い込まれ、どんどん液状化し始めた。でも、資本主義は狂気の樹木を愛するので、自殺の心配はいらない。乾燥地帯の大地には、太い根の百足がいて、夜ごとニセアカシアの娘たちを愛撫している。おれがこのひからびた貧民窟に放逐されたのは、暗喩の海を捨てたからだろう。旅行者の誰かが置いていった、三本の造花の薔薇に囲まれて……

九章

三角点

あるいはメイルストロム

あんたは　まだ　おれと一緒に見た
あの蛸焼きの永遠を　信じているのだろうか
役に立たない煙突　マグカップ一杯の安酒　尖がったトタン屋根
アジトで愛した女たち　焼酎漬けした蝮の頭　不吉に垂れた夕立雲
笑い転げたメフィストフェレス　菜めし田楽　暴動のベルリン
鼬の千切れた尻尾　嵐の油コブシ　たった一人の闘争
あんたの描く図形は　すべてそれらの穢れた快楽を裏切る
純粋に毛の生えたピラミッド型だった
頂点に登り詰める無言にしか　関心がなかったから
斜面を墜落する饒舌にも　カーニバルにも　おびえていた
渦を巻いて堕落する回帰線　するする場外に飛び出したりする
螺旋状の快音や　見事に生活のカーブを描く和音
書くことの中毒症状　パラノイアの生産力を
チットモ知らなかったモンね　さあおいで
ぺコちゃんたち　マコちゃんたち

すずめがね　おやねで　ちゅんちゅんかくれんぼ

わたしは三人の男たちが、四十年近く前に歩いて登った、という山頂を目指した。ケーブルカーで、いとも簡単に、頂上三角点の標識まで、到達してしまう。雑木の生い茂っている、視界零の頂上、バカな男たちのアホらしいロマンチシズムにも、まったく呆れ果てるわね。山頂というだけで、こんなに世界が見えない場所を、ありがたがって、拝んでいたんですもの。早々に下山することにしたわ。帰りは歩いた。最初すれ違った若者が、血走った眼をして、わたしに飛びかかってきたの。わたしが危うく避けると、そいつは勢い余って、岩場から、真っ逆さまに転落していったわ。次に出会った奴は、変にぼやけているのよ。男か、女か、一人か、二人か、ひょっとしたら、三人なのかも知れないわね。ひぃらりふんわり、穿いてるのはスカートのようでいて、それは破れたGパンのようにも、花柄模様のショートパンツのようにも見えた。一つに膨らんだり、縮んだり、二つにも三つにも、分割したり、顔はあるけど目鼻が一つだったり、六つに見えたり、ちょび髭生やしてる、裂けた口唇は木の切り株ほどもあり、わたしを見て笑った。笑い声は、チェシャ猫の鳴き声に聞こえたが、木々の緑を揺らせている、風の音だったかも。次に会った女は、疲れ切って、ぽたぽた汗を流してた。周囲のヤマイバラの枝から剝がした鋭い刺を、ペッタンコに貼り合わせたことば。それをやけっぱちに放り投げながら、登ってきた。彼女はわたしを見ると、急に元気づき、自分が放り投げた、狭い登山道に散乱している、刺だらけのことばを、裸足で踏んづけたり、その上で跳ねたり、踊ったりした。そのために裂けた足指から、血が噴きだしている。わたしは眼を塞いで、走り抜けなければならなかった。でも、わたしが、いちばん怖かったのは、死んだ〈男の子〉が、〈　　〉に包まれて、イヌツゲの灰白色の幹に、吊るされ、風に揺れて、いたこと、だった。その子の、首には、確かに、見覚え、のある、鋸歯状の、楕円の、葉が三枚、ぶら、さがって、いる、の、わ、た、し、は、そ、の、前、で、身、が、竦、ん、で、動、け、な、く、な、っ……

ねんねこしゃっしゃりませ
ねんねこしゃっしゃりませ
なんというて　おがむんさ
なんというて　おがむんさ
あしたこのこのみやまいり
あしたこのこのみやまいり
おしりまるだしめをむいて
おしりまるだしめをむいて
ねんころころろころころり
ころころころろねんころり

包まれているものは、どうしてこんなに、おれたちを不安にさせるんだろう。包まれてあること。その中におれたちは、傍若無人に踏み込めない、ということじゃないぞ。恋の古疵、お医者はないか。なぜか、今夜はちと痛い、って唄ってあげるからさ。お兄ちゃん、あたいのスカートまくってごらんよ、さぁって、何が見えた？　包まれていたって、めくらなくたって、手を入れて触っちまえばカンタンじゃん、というわけか？

おれは頭の先から、足指の先までを、黒い包帯で、ぐるぐる巻きにされて、買い物客で賑わう天神地下道を、歩かせられたことがある。あの時の足が自分のものでなくなった暗闇の心許無さ。また、あいつは栄町の高層ビルを、白い布ですっぽり包んで、見世物にした。その時、風景が変わった。見られるおれの側だけでなく、見る方の内部に、黒い帯が流れて、渦を巻いたし、あのひとつの白い立体と化したビルも、こころの襞と襞の間に見慣れた形を失って陥没した。

鷗の港や、蛍の光や、並木の雨や、柳ヶ瀬ブルースで縁取られた、常套句の宇宙を、すべて五彩色の布で、包むことができるか。包まれたものが変質して、記憶をすっかり抜き取られ、たとえば、包んでいる口の隙間から、背後の密林の闇の渦巻きを背負って、黒ずんだ河馬が接近してくるかも。その時、おれたちが触るものは、変質した河馬の濡れた皮膚ではなく、その周りで、渦巻いている闇の潮の、一瞬も静止しないで流れる動きや、ざわめいている野獣の声の気配。
でも、おれが地下道の野次馬の前で、黒い包帯を解かれた時、買い物の歩行者たちが見たものは、無惨に押し伸ばされた、スルメ烏賊一枚、だなんて。また、白い布を外されたビルがあらわにしたものが、その中を貫通する高速道路だったとしたら、権力のピラミッドは一層輝く。すべての道は、陽光を乱反射する、カルヴァリオの丘に通じている、だなんて、なんて、んて、て。恋の古疵、お医者はないか。なぜか今宵は、ちいっと、イタ、イ、ゼ。

渦巻いている者は、両手でわたしの腰を抱いたのよ。渦巻いている者の律動が、徐々にわたしに伝わり、わたしの身体は、わたしを離れ、小刻みに震えだしました。何者かに巻き込まれることは、わたしから引き剝がされる、ということでした。わたしは幾つかに分裂し、伸縮し、変形し、狂いだす。渦巻いている者は、わたしを抱いて、浮遊しだしました。空中を旋回している間に、気持よく陶酔しているわたしの身体から、脱落していくわたしは、霞のように地上に落下して砕けたのです。渦巻いている者は、彼が抱きかかえている無数の欲望する身体を、すべて同じ意味、同じ価値によって、切り揃えています。うっとりと、見えない神を見る表情の、無数のわたしたち。渦巻いている者は、渦の先端を尖らせて、細いチューブを作り、性的な秘薬でこねあげ、甘い蜜でくるんだ霊を注入し、ひとし並みのエクスタシーに導いているのでした。こうして、渦巻いている者の神聖な無表情に、無数のわたしたちは同一化し、溶けていくのです。その結果、渦巻いている者の、底なしの優しさ、やわらかさに包まれた、無色無臭の毒ガス、粒子状に飛び散る暗い暴力を、胎内深く孕まされていったのでした。

街頭で笑顔を絶やさない者を怖れよ
街頭で綺麗な手を差し伸べる者
貧しさや賤しさを讃える者
〈 〉に包まれている者

憎悪を掻き立てる者
権力を攻撃する者
湾曲している者
母を売る者

十章
二〇一〇年夏、ペルセウス座流星群の下で

海峡が　右手へ折れ曲がる　北東の方向
八月半ばの　未明の空
彗星から放出された　ダストの川の流れに
一艘の小舟に似た　地球が乗り入れると
飛び込んでくる　星の粒子が　微塵となって

ペルセウス座流星群
明るく細い尾を引いて　流れる光の筋
ひとつ　見つけた　また　ひとつ
あっ！　新たに閃く　一瞬の光の流れ
黒い心の鏡面に　痛々しい裂傷の痕を

かつて幼いとき　信州駒ヶ根高原で
妹と手をつないで　うたった　ひとつ　ふたつ　みっつ
幸せな晩夏の季節を　惜しむように流れた　星の群れ

真っ黒い針葉樹の陰に　隠れた
　妖精たちのお喋りを　聞きながら

いま　老いた姉は　一人　狂って
西の果ての港街　その海峡沿いに
　いまにも倒れそうな　斜塔のように建つ
古マンションの　赤黒く錆びた　アルミの窓を開け
　まんじりともせず　眼を凝らして

四方八方に飛び交う　流星を数えている
よっつ　いつつ　むっつ……
　星の流れる方向へ　湾曲する海峡を　逃げていく
　早足の死者を　追いかける
　引き千切れた　無数のわたし

ユウレイは死ぬ。一度は悲劇として、二度目は喜劇として、三度目は茶番劇だ。しかし、だれもがユウレイなど、すっかり忘れてから、怖いユウレイが登場する。ヘルメットを被り、アメリカ式の迷彩服を着て、無色透明のサリンを噴射する、見えない銃などを、リュックに隠し、あの世から湧き出るユウレイたち。誰が彼らのパトロンだ？　黒幕の陰で彼らを操っているのはどこのどいつだ？　最新式で最も古いドラマツルギー、いったい演出家は誰だ？　いつだって、ユウレイは死んだ振りして、生きている。扉の四つある、四角い棺桶に似た家から、ひそかに脱出する。

（何処にいるのか分からないけど、あなたの声が……聞こえました。わたしが追いかけてきた、三人の男の片割れ。逃げまくっていたあなた。見てくれも頭も悪い、オケラのようなあなたが、ようやく語り始めました。あなたの内部に住んでいる、絶滅の王Mとアルコール中毒の詩人Oを。絶滅の王と言ったって、一人にして二人。二人にして四人。四人にして無数。

わたしたちの時代の子羊の肉を食べ、いくらでも増殖する、Mのイニシアルを持つ、無数の男たち。アルコール中毒の詩人は、この黒い冠を被った絶滅の王を、忌避しながら、どうして対峙しえなかったのかしら。あなたの内部の親しい敵にして、遠い分身たち。）

きみはおれを何処までも追いかける。いつまでも、おれが訪れるのを待っている。きみは老いてはいるが、女の語り口を持った、ことばの精なのだ。おれは君の腕に、抱きかかえられるが、きみの腕の中にはいない。おれはきみの唇によって、語り直されるが、きみのことばからは、すり抜けている。それでいて、おれはきみを支配しようとして、きみに跪いている。きみがおれを追いかけず、おれを待たなくなったら、おれは死ぬだろう。きみはおれの井戸の底だ。暗闇から、生命の水をくみ出す釣瓶だ。あるいは、きみがいなければ、ゲヘナにて、魂を滅ぼす唇を、持つこともないだろう。

一つの時代の論理の葉や幹に、うどん粉状の斑点が広がり、次第に乾いて、黄変し始め、立ち枯れる。なぜ、身勝手な正義を実現するためには、手段を選ばなくてもよいのか、なぜ、闇の権力を打倒するために、無差別殺人が必要なのか。なぜ、百万人を殺した国家に敵対しているから、何の関係もない、百人や千人を殺してもよいのか。こんなことが、ずっと昔から　繰り返されてきた。炭素病に侵された論理だ。それなのに自己犠牲を伴うので美化される。その一本の単純な論理の根幹を、地中から引っこ抜いてみよ。その感覚の根に、アブラムシやダニやカイガラムシがびっしり。

Mのイニシアルをもつ、複数の絶滅の王。足のないユウレイたち。でも彼らは喰っている。自分は働かず、働いている者の寄進で、喰っている。貧しい小屋の中で、ひもじい思いをしているか、秘密のハーレムで満たされているか。そんな違いは問題じゃない。寄進を受けるために、巨大なピラミッド型権力の機構を使っているか、個人名義の郵便振込口座を開設しているかなど、どうでもよい。限りなく生活を抽象化し、神秘化して、信

仰の対象になりながら、喰っている。彼らの中の一人の王は、寄進という
ことばを嫌って、委託という。彼を信仰する者は、何を委託するのか？

わたしは報酬を求めず　王のために身を粉にして働いたわ
おれは何にも出来ないので　一年間分の給与を　振り込んださ
わたしも　わが家も貧しい　だから　若い身体しか委託できないの
王はおれに言ったよ　正義の祭壇のために　枯葉三枚委託してくれ
両親が蓄えた学費を　残らず委託したために　わたしは義絶された
すべての求めに応えたわ　でも　でも……最後の委託だけは拒んだの
そのために　わたしは水面下に沈められ　遂に意識を失いました
おれは委託するものを口に咥え　王の前で尻尾を振り　ワンと鳴いた

わっ！　叩頭虫だ　あの台所にも　この台所にも　叩頭虫がいっぱい
わたしは血に膨らむ委託虫だわ　委託虫にさささいわるいあれ
まままぬけ　ししりりぬぬけけに　ええいいええいいこうあれれっ

あああああ　ううううう　ウぅ　ウぅ

ざぁぁ　ざぁぁ　ざっ　ざざぁぁ

日の出前の北東の空は、すっかり明るみ始め、ペルセウス座の放射点から、波線状に流れる光の像は、すっかり見えなくなった。

目の前の狭い航路に、左右から、次々と入り込んでくる、大型タンカー、白いフェリー、漁船、貨物船、幽霊船、密航船、青い光が点灯する、灯浮標を、注意深く巡って。

先程まで、騒々しかった声々は、もはや誰なのか、区別もつかないが、それも船舶のエンジンや造波音に、掻き消される。

暑い一日が始まる。少し仮眠を取ったら、ここから歩いても、遠くない無縁墓地の梅檀の木陰に、涼を求めに行こう。

そこでおれを追いかけているあいつに、再会できるかも知れない。

十一章 対位法

あるいは波間に消え去るメモたちの群れ

〈溺死シタモノ〉

そんなものものしいバリケードの海に浮いているのは
そらぞらしいウソの約束　吸いかけの煙草　パンの切れ端
そざつなプラン　変色したノート　汚物にまみれた下着や皇室記事
それていく蛇行デモ　割れた頭蓋　薄いコンドームの夢
そんなあぶくの中で泳いでいて　どうするのって聞いたの
そうしたら　向こう岸がある　と言うのよ
そんなのあんたたちだけが勝手に見ている夢のカナンでしょう
そんなの剝がれ易いペラペラの緑の半島でしょう　と必死に呼びかけた
そんなことすべて分かっている　という振りをしながら
そっけなく泳いでいったわ　あいつらは

〈厄払イサレタモノ〉

タンポポの綿毛と接吻して気絶するもの
どんな下等な細胞にも棲みつき　満たされ眠りこけるもの

ゴーストに寄生し　血を吸い激しい痒みと痙攣を引き起こすもの
主語の下に防腐剤を埋め込み　信仰の対象となるもの
何が正しいか　という問いに潜む硬直症を病むもの
宇宙の神秘的な微生物たちと交霊して　フット・ライトを浴びるもの
とつぜん　発狂しだした揺籠の思想に陶酔するもの
険しいイデオロギーの山崩れに　嬉々として同調するもの
同調しながら　泥流に沿って谷川を下るもの
単純な音響を繰り返し　生活のリズムを放棄させるもの
禁欲するフラグメントを盾にして　威嚇するもの
複雑に入り組んだ迷路を作り　決定不可能にして痺れさせるもの

〈飛バサレ這ワサレ踏ンヅケラレルモノ〉

ごめんね　わたしの正体を探っても駄目よ
わたしは一瞬も動きを止めない　ただのフォルム
一本の細長い魂の針金と

くにゃくにゃ自在に曲がる糸コンニャクの身体とで
合成されたわたしはひ弱でしつこい思考の管
あなたの統語法の中で
勝手に飛ばされたり　這わされたり　踏んづけられたりして
発光するただの破片
敗走する波動の響き

〈関節ヲ折ラレタモノ〉

もうおしまいさ！があっちこっちに降って湧いた
長いブーツを履いた雌犬が視界を横切った直後だった
黄葉や爪や毛穴の演奏は止まるところを知らなかった
そこには野狐もいなければ司祭も作動しなかった
排水装置も動かず定点観測も聞こえてこなかった
起こったのは首にテーブルクロスを巻きつけた
おんぼろマネキンのすすり泣きだけだった

長い廊下が日の丸を畳んでステンレスの倉庫に運んでた
脳無しめとわめいたのは支離滅裂なホットケーキだった
あるいは朝鮮人参や雲泥の差や無線のキーボードだった
棲家を失ったモノたちはみな関節を折られていた
赤く腫れた空にだらりと首を垂れてぶら下がっていた

〈生活シ老イ死ンダモノ〉

早く、早く、こっちへおいでな。老婆はせき込むように呼んだ。小川のせせらぎの音が聞こえる畑のビニールハウスの中だ。そこには樹木のように頑丈に枝を張ったトマトが栽培されている。黝んだ皺くちゃな手で捥ぎ取られた赤い球果。しかし、立ち枯れ病が、ハウスの中に蔓延し、どのトマトも醜く変色し、形も崩れている。根っこの細い畝には、大小の青っぽいトマトがいっぱい落果している。おいしいんだよ、とわたしに渡すと、新しいトマトに、また、手を伸ばす。老婆と二人で病変して半分腐ったトマトを口に入れ、吐き出した。あの時が最後だったな。おいしくないかい、と気遣って、老婆が笑ったのは。それから二人で何処へ行ったんだろう。
ビニールハウスの天井は開けられていて、真夏の日差しが降り注いでいた。

〈死語ノ風景ト化シタモノ〉

「山に入ろう」と彼は言った
「山しかないじゃないか」と彼は苛立った
追い詰められて　わたしは肯くほかなかった
こうして一つのピラミッドの山系に
わたしたちは吸収されていった
唯一絶対の一つの山系から発することばは　つねに
ノー　ノー　ノー　ノー　ノー……
色あせた死語の氾濫する稜線の向こうには
おびただしい屍が横たわる洞窟があった

〈塞ガレモガイテイルモノ〉

わが敗走……だなんて
かっこいいこと言うな
水ぶくれした剽窃野郎
蠟で覆われた貝殻虫め

ガランガランドシンだ
錐もみ急降下の御陀仏
何にも無しのケシ粒だ
いくら逃走したくても
出口なしだそうだとも

やるか殺るともやるか
おまえがおとしまえを
めちゃくちゃに突撃だ
広場のどまんなかでな

〈隙間カラコボレオチルモノ〉

諸事万端間違いのない
規則通りで　自己中心の
扇動的で　熱狂的な　すべての力への意志は
死の発電機だ
彼らの突きあげる手指は　一様に
サンゴ状に　あるいはフォーク状に枝分かれし
こわばって鋭い
その手指の隙間からは　共生するための
菌根がぼろぼろとこぼれ落ちる

〈接木変異シタモノ〉

六時間毎に向きが変わる海峡の東流れと西流れ、海から昇る朝日と夕日、
まったく遺伝子の違う台木と穂木、もっとも遠い種の親と子、正反対に背

き合っている二つの思想、音楽のリズムと絵画の色や線、男と女の肉体や感性、ダダと定型、規範と逸脱、恐怖の車輪と快楽の花弁……を接続する。海峡の東流れと西流れは、岸辺からは、鱗状に無数の亀裂の入った、同じ一本の次郎柿の樹皮にしか見えないが、それは弦楽のためのレクエイムと囀り機械とを接続したものである。疾走する車輪と芽ぐんでいる蕾とが交接するこの無性繁殖法は、繊細な継ぎ目を通して、まったく異質な生命物質が互いに流れ合う。そこから首都と地方、散文と詩という、陳腐で事なかれ主義の対位を超えた、獰猛でこそばゆい水浴の花が咲くことになる。

〈ヨク笑ウモノ〉

作業用の巨大な手袋をはめ　Gパンをはいて森林の中を
ゆっくり歩いている象さん
三十メートルもの長い黒のワンピースを着て
水色のマフラーをなびかせ　世界の海を回遊している鯨さん
そんな恰好で　ふたりが出逢ったら

きっと……

終章

大凶事昔暦

そよ　詩歌とは凶事の予告　されど冬のはじめの時雨を歓んでいる
そよ　そよ　雄猫が雌猫を仮装するとて　薄化粧するは気味わるし
そよ　猫さえも　そよや　ややややや　えいそりゃ　昔好みの本歌鶏
そよ　鳴かぬ鳴けぬか一番鶏　鳴いてるのはカオスの闇の悪猫ども
そよ　そよ　アリアドネの糸に戯れて　じゃれてそばえて手鞠取る
そよ　数知れぬ謎の絡まる手鞠歌　小さなルーぺで世界を見ちょる
そよ　にくらしや　そよ　手鞠取れとれ　悪猫の掌から落つるとも
そよ　手鞠取れとれ　まひとつふたつ　そよや　みつよついつむつ
そよ　そよや　ななつるやつる　そよ　ここのほんほ　とをんえよ
そよ　ややや　ころころ　こんろり　手鞠飛び跳ね勿忘草の塵の籠

……何度でも繰り返すわ。わたしは老いた語り部の婆。狂言回しにして、単なることばの精なの。海峡の淵に立つ、わたしの住む古マンションは、どんどん沈下し始め、下の階から、海水に侵蝕されている。鉄扉を閉ざして、押し止めようとすれば、いっそう勢いを増して、押し寄せる濁流ども。それが剝き出しにする無数の鋭い爪に追われるように、わたしは四階から五階へ、五階から六、七階へと、住居を移しているが、それが可能なのは、どの階も空部屋になってしまったからなの。八階まであるこの鉄筋コンクリートの建物は、今や巨大な白い棺、あるいは薄汚れた墓標の外観を見せ始めています。どの空部屋にも、死者たちの薄暗い影が幾重にも折り重なっている。わたしがいくらかでも語れたのは、これらの無数の影たちの饒舌な沈黙に、ことばの精を預けているからでしょう。ほら、聞こえてくる。あれは影たちの騙り、声変わりしたわたしのことばで……。

……どうしてあんたは風景の中の反対派でしかなかったの。初めはお昼寝派だって言ってたのに。手鞠派やチンドン派、阿修羅派やフラミンゴ派、名無し派、遺体派、去勢派、アマンジャク派、ソドム派、線香花火派、葉っぱ派などが、次から次へと登場し、攻めたり、逃げたり、潜水したり、隣りの庭の宗教を、むしり取る振りして盗作したり、逆立ちしたり、好き勝手にしたらいい。山を削り取った土砂で埋め立てた海に、少年少女賭博場群をつくり、削り取られた山の跡に女殺し油地獄劇場やオストラシズム美術館を建てたら愉快なのに。数万年前の海岸と現代のそれを、無人のベルト・コンベアーが連結することになるのよ。でも、水平的な連結は、同時に垂直的な切断でしょう。あんたは連結だけ見て切断を見ないから、移り変わる海岸線のいまが、浮き上がってこないのよ。いかなる海岸線も刻刻と変貌する。海の彼方から押し寄せる新たな記号のファッション。マウスの取引や不定冠詞の領有権を巡る地上的な圧力。考古学の地殻を貫く地震波。遥かな地方を巻き上げる暴動の津波。鷗の水遊びや舟虫の群舞。威勢のいい渚の祭りや悪夢の超音波。恐怖や歓喜の切断の美学なんてもんじゃない、じゃばじゃばの波たちの欲望に戯れ、身をくねらせて……。

……やいやい、なにをぬかすか、おんぼろばんば。みろ！　めをこらしてみてみろ！　あれはかいぶつだ。ゆうれいだ。ひとつめこぞうのうみぼうずが、がんめんしんけいつうをおこしてのたうちまわっている。めったやたらにひきつりふるえ、ふたつのうでであたまをかかえかきむしり、あからんだがんめんや、なみにあらわれて、すべすべのどうたいにはえてくる、あおいみみやながいしたびら、ちんちくりんのつのやしっぽまで。ひきちぎってはなげ。ひっこぬいてはたたきつけ。やいやい。おんぼろばんば。きょうげんまわしだの、ことばのせいだのと、わかったくちをきいてくれるじゃないか。せいぎだの、しんじつだの、よくあつされたもののみかただの、しんのてきだの、うえたもののれきだいのいこんをはらすだの、じんみんかいほうぐんへいしばんざいだの、かみのみつかいだの、ぞうさんぞうさん、おはなはながくてどうしたの。そうよおまえのかかぁだってぞうはんゆうりするぞだの。すべてのまんざいはかくめいてきだの。ひとごろしのいいわけひゃくまんげん、こうちょくしたしんがくがこしらえた、でまかせでありきたりの、りくつのとげとげをいっぱいさされてころされた、むくちむねんのあぶらむしたちをのみこんで、いかりくるったうみぼうずのとびちったないぞうのひだひだや、やまをもくずし、うみをもでんぐりかえすかぜのみちが、おまえにみえるか。おんぼろばんばめ……。

……沈む、沈む。鉄筋コンクリートの醜悪な棺がわたしとともに完全に没すれば、この反詩、反物語的な詩ガタリも、棺と共に海底に沈み、潮に流されて消え失せるでしょう。わたしは顔を持たない狂言回しにして黒衣。あなたは誰かと聞かれても、答えることはできないわ。いや、答えることはたやすいことよ、でも、答えた途端に、もぬけの殻、別の甲羅の中に入っています。たとえあなたが死後轢断する旧式戦車であっても、とんちんかんな助平、こども騙しの滑稽な海坊主であっても、あんたが要求する苦悩の商品。あんたが問い糺す非ユークリッド的公理。あんたが嘲笑する百日の説法、屁一つ。あんたが苛つく文法の誤用悪用。あんたがこじ開けようとする淫乱背徳のお釜。いったいそんなものがわたしの空部屋の何処に転がっているというの。あんたが鼻孔をいっぱい開いて、嗅ぎつけようとするわたしの出生証明書、わたしのアイデンティティーなど、すべて幻影です。もしかしたら、わたしは単なる名もない縄の切れ端。散乱する小さな嘴の寄せ集め。浮遊するリンパ管の中に侵入している病原菌。世界の崖崩れの沈黙が排泄する糞尿……。

……だまれ。このくそあまっ、くるったおしゃべりきかいめ。おまえのほんしょうなどなにがおもしろかろう。しりたいのはおまえじゃない。Oのゆくすえだ。オーなのか、ゼロなのか。それさえも告げずに、やつはえんぴつさんぼんたてた、ブラック・ホールにきえてしまった。あいじんはのにうめ、さいしはうみにしずめ、ぜつめつのオーこくをつくろうとしたロマンチックやろう。あいつがさったへやにのこした、じだいおくれのものじのむれ。しけいにならないためのさつじんのてびきしょ。かいふうをきんずるおびをまかれたひこうぜんのしょかんのたぐい。かやくのにおい。にせのたましいのりょうしゅうしょ。こくしされてこわれかけたふじつうF／E900のパソコン。がたびしがたびしキャノンのやすプリンター。そんなものがごちゃまぜになってる、へやのすみからわきでてきたごきぶりたちの、むめいのやみにあいつはきえた……。

……あいつって誰よう。ひと間違いしてるんじゃない？　オーにしてゼロは夜ごと日ごと、在らぬものが在るものに劣らず存在した、その億なす声を、漏らさず、聞き届けようとして、ちいさな耳を立てていました。それは神の耳なんかではない。むしろ、母体内の胎児の耳。すべてのリズムを聞きわけた原始人の聴覚。わたしたちの詩が立ち現れ、誰からも気づかれずに消滅する、いまという場所に立って……。

……あいつは消えたのではない、踏み込んでいった暗いスクリーンに、ぼんやり映し出されている大凶事。そこで弱いことばたちが見せる道化の身振りに、湧き起こる不謹慎で複雑な笑い。ことばたちは、かまわず、浮気っぽい時代の風景が、不快な顔して唾棄し、忘れ果ててしまった、柔らかい虚無の骨、昔暦の日付けの記されたガラクタの山に分け入り、何ものとも交換不能の、もの憂い石の矢を探り続けています。それがミミズの蠕動にしか見えないにしても。ああっ、もう六階まで海水が浸入してきました。せめて八階まで逃れることができれば……。

そよ　船を出しゃらば　夜深に出しゃれ
そよ　そよ　月影見るさえ　気にかかる
そよ　長門は仙崎　夜潮を運ぶ青海島　美鈴鳴る鳴る鯨捕り
そよ　レトロ開港　門司が関　今も昔もにぎにぎバナナ売り
そよ　橋架ける　下の関とも名に高き　西国一の大湊
そよ　北に出航キムチの釜山　盲流烈しき天安の門
そよや　西に傾く長崎は　波頭乗り越え　紅毛　南蛮　舌切り雀
そよや　ばっから　魔女狩り　ふふふ刎頸　焚刑　焚書に踏み絵
そよや　そよそよ　騒乱　ゆっくる　くるくる狂い詩　狂い死に
そよや　空気薄き　俗なる悪魔に抱かれて　声なくうたう手鞠歌
そよや　海竜の妃になる定めの斎のむすめ
そよや　海底の藻屑に消えるコト霊の切片

海の古文書　目次

読者への手紙・後註

この詩集については、何の自註も後記もなしに、作品だけを自由に読んでもらうつもりでいました。しかし、若い読者で手に取って下さる方がいるとしたら、いま、一般に詩集として出ている形とずいぶん異なる印象を与えると思うので、それではちょっと不親切かな、という気もします。そこで詩集の成り立ちやモティーフについて、若干のことを書いておくことにしました。

まず、ここでの試みは、もう少し、ゆっくりと時間をかけてやるつもりでした。しかし、昨年の「現代詩手帖」一月号の作品特集に原稿を依頼され、「『海の古文書』序章の試み」（この詩集では、「序章　時の行方」と改稿）を書きました。そこにはわたしが長い間、こだわってきた強いモティーフがありますが、この時点では、それをどう展開するのか、まだ、予感の域を出ていませんでした。しかし、それを読んだ編集部から、この続編を今年一年間の連載にしてはどうか、というお話が来ました。果たして一回百行ほどの長詩を、一年間書き続けることができるのか、迷ったのは言うまでもありません。ただ、ふと思ったのは、もう自分には後がない、ということでした。わたしがこれまで捨て切れないできた、頑固なモティーフに詩の形を与える、これは最後の機会かも知れない、という〈急く〉ような思いがわたしを決断させたのだと思います。

それにしても、これに詩の形が与えられるか、詩として読んでもらえるのかが、最大の難関だったかも知れません。わたしが非力なことは当然ですが、そのことを言うのではありません。ここで対象になっているものが、見易い標識で言えば、一九六〇年代の後半から、約十年間の中国文化大革命、それの世界的な波及、フランスの現代思想や、日本の思想界の一部で〈一九六八年革命〉と呼ばれている若者の叛乱――〈大学闘争〉から連合赤軍事件に至る時期の出来事だからです。わたしはこれを〈革命〉と呼んだことはないし、これから呼ぶこともありえませんが、では、それは何だったのか、ということです。そこにもう一つ二つ付け加えれば、わたしの世界の見方が変わった一九六〇年の体験と、更に一九九五年、半年滞在していた、中国の北京の宿舎のテレビで見ることになった、オウム真理教の地下鉄サリン事件の衝撃。その約三十数年の時間の幅で直接、あるいは間接に経験したこと、実はそこにわたしのモティーフは潜んでいるのでした。

そもそもの始まりは、お互いの表現について、共感と信頼を抱いていた親しい友人で、大学の教員であった松下昇と菅谷規矩雄が、一九七〇年、大学闘争に深く関わったことにありました。当時、大学とは無縁な所で生活していたわたしは、自分が編集・刊行していた詩と批評の雑誌「あんかるわ」を媒介にして、〈表現闘争〉のレベルで彼ら二人と共闘する関係を作りました。二人にとって、マスコミ用語〈造反教官〉は、初めから否定の対象であり、みずからがそう呼ばれること自体を拒んでいました。むろん、わたしたち三人は立ち位置も、考え方も、生活意識も違い、思想的な同一性を求めることなぞナンセンスと思いながら、しかし、多くの場面で共同表現を成り立たせていましたから、この〈共闘〉には、はじめから亀裂が入っていたはずです。その亀裂が〈大学闘争〉の退潮期の困難な局面を迎え、具体的な幾つかの対応を巡って、信頼感を失うところまで拡大した時、すべてが終わることになったのだ、と思います。

一口に亀裂と言っても、そこには無数の主体に分裂した、ことばにならない声がひしめいています。わたし（たち）が、直接、間接に経験したこと、それは決して大げさではなく、死や狂気に隣接、あるいは浸透されていました。そこに渦巻くものに、肯定否定を問わず、いまだに納得できる意味や論理を与えることができません。なぜなら、わたしたちが経験した総量は、社会的、政治的、宗教的な思想にも、論理にも還元しえないものだからです。本当は違うかも知れませんが、少なくとも、わたしにとっては、この時代の経験から収集した多様な声は、多様な文体や断章、無形の流動することばで表現する他なく、そのためには詩の方法しかない、ということでした。書き終わった段階のいまも、それはわたしの意識の底で、不気味にとぐろを巻いています。この不可触な経験の全質量。これは何なのでしょう。当然、事実のレベルでの回想や、郷愁の対象になるはずもなく、いつまでもそこから解放されない、〈わたし〉の現在を構成しているのでした。

序章の冒頭からM・O・Hのイニシアルの人物が登場しますが、むろん、モデルはあるにしてもフィクションです。地名など事実性に関わっていることも、すべて詩的な仮構のレベルで用いられています。また、全体を通して、多くの文献からの引用や参照があり、それらの剽窃すら含んでいます。その主要なものの一部をあげれば、ここにすでに名前を出している松下昇、菅谷規矩雄以外では、鮎川信夫、三島由紀夫、吉本隆明、谷川雁、北村透谷、宮沢賢治、毛沢東、魯迅、ドストエフスキー、セリーヌ、ミラー、マルケス、ブレヒト、金芝河、オーウェル、カフカ、ロートレアモン、アルトーなどの作品、狂言集、近松浄瑠璃集、わたし自身の過去の作品等……きりがありません。初めは詳細な註をつけることを考えましたが、ほとんどテキスト通りに引用していませんし、同じ語句、発想でもわたしの文脈に入れれば意味も変わるので、あえて註記をつけないことを選択し、その代わりここで人名だけを参照例のようにあげておくことにしました。もとより、この配慮は、多くの読者にとって不要なことでしょう。厄介な詩集ですが、わたしとしては、一人でも多くの読者に、批判的に自由な視点で読まれることを願っています。

二〇一一年三月三日

後註

これは「現代詩手帖」二〇一〇年一月号〜十一月号、二〇一一年一月号に十二回連載した、一回百行を超える長詩に、新稿「六章　出現罪」を加えたものです。連載時の詩の形を、詩集として編む段階で全面にわたって改稿しました。しかし、モティーフや表現性については、基本的に変わっていないはずです。雑誌掲載の段階で、その都度、的確な読みと感想で激励して下さった担当編集者髙木真史さんが、詩集の制作もして下さることになりました。最後になりましたが、心からお礼を申しあげます。また、今回の装幀は、いつも「中原中也研究」の造本・装幀でご厄介になっている、間村俊一さんが担当して下さることになりました。ありがたいことです。これまでも沢山の著作を刊行して下さいました、今回さらに詩集が一冊加わりますが、思潮社会長小田久郎さんの変わらぬ支援を感謝します。

海《うみ》の古文書《こもんじょ》

著者
北川《きたがわ》 透《とおる》
発行者
小田久郎
発行所
株式会社思潮社
〒一六二—〇八四二　東京都新宿区市谷砂土原町三—十五
電話〇三（三二六七）八一五三（営業）・八一四一（編集）
ＦＡＸ〇三（三二六七）八一四二
印刷所
三報社印刷株式会社
製本所
誠製本株式会社
発行日
二〇一一年六月十五日